Camino a la esperanza

Dejando atrás las sombras

Sheina Lee Leoni

Abril 2022

"No puedo creerlo, hoy veo mis sueños volar a tu encuentro"

Olga Tañón

<u>Prólogo</u>

Jake Pierce estaba sacando una nueva asadera de bizcochos cuando escuchó sonar las campanitas que colgaban sobre la puerta de su vieja panadería para avisar que alguien había entrado. El negocio, ubicado en el reconocido barrio montevideano La Comercial, había pertenecido por generaciones a su familia, y pese a tener otras oportunidades laborales, el joven jamás había querido dejar el oficio de sus ancestros.

- Cada día la repostería me gusta más, hice bien en no concurrir a la Universidad a estudiar Leyes. Esto es lo mío-sonreía recordando la vez que comunicó a sus padres el deseo de cursar estudios superiores. Nunca olvidaré el entusiasmo en sus miradas, ya que ninguno de los dos había podido finalizar el liceo. Pero al segundo día de concurrir, comprendí que no me interesaba, no era lo mío. Lástima que al morir papá imprevistamente tuve que hacerme cargo del negocio antes de tiempo-suspiró evocando la profunda depresión que el fallecimiento había producido en su madre y continuaba hasta el momento. En fin, será mejor que vaya atender.

-Querido, ¡raro tan temprano! ¿Por qué no seguiste hasta el fondo?-exclamó el joven acercándose a su novio Fabián Lon que lo esperaba detrás del mostrador.

-Sabes que no me gusta andar entre la factura cruda, podría ensuciarme-acotó frunciendo la nariz mientras se sacudía la harina que Jake habia dejado en su traje.

-Sí, ya lo sé-suspiró el joven. Pero aún no me explicaste el motivo de tu presencia.

-Dejé mi empleo-afirmó. ¡Son toda una manga de inútiles!

-Otra vez-susurró Jake girando los ojos.

-No tuve más remedio-refunfuñó el joven tomando una galletita que parecía recién horneada. El dueño de la empresa es un estúpido y no respeta nada. Ni siquiera mi título de ingeniero industrial lo detiene cuando se trata de dar órdenes, ¿Qué sabe él de producción?-rezongó mientras acababa de dos mordiscos el bizcocho.

-Quizá debiste aceptar los consejos que te dio, al fin y al cabo es el dueño de la empresa.

-Vaya ,parece que siempre estuvieras en mi contra --exclamó el joven girando sus oscuros ojos.

-Claro que no. ¡Pero has cambiado de empleo varias veces en los dos años que te conozco! Pronto no te tomarán en ningún lado.

-Gracias por el ánimo-agregó Fabián irónicamente.

-¿Acaso deseas que te felicite?

-Jaki , mi amor-gimió llamándolo por el apodo que utilizaba cariñosamente. Se pelearán por mí, soy muy bueno en lo que hago.

-Como digas. Si deseas espérame arriba-agregó indicando el apartamento ubicado sobre la panadería que oficiaba como vivienda.

-Bien, aprovecharé para mirar por otro trabajo – aceptó dirigiéndose hacia las escaleras.

 -Y yo controlaré el horno- asintió el joven volviendo a sus quehaceres.

-¡Aquí esta, lo encontré!-exclamó Fabio sorpresivamente.Iré a verlo ya mismo-

-¿Tan rápido hallaste un trabajo? No demostraste en media hora -aplaudió Jake.

-No, acabo de ubicar a un contratista laboral.

-¿Qué es eso?-preguntó Jake.

-Una persona que se encarga de buscarte empleo de acuerdo a tus conocimientos y características personales. Oficinas Tur es una de las más reconocidas en todo Montevideo.

-Nunca lo escuché nombrar. Ni idea.

-Eso es porque tú nuca saliste de estas cuatro paredes-reprochó Fabián.

-Aquí me conociste y así, te enamoraste de mí-comentó el joven recordando la noche en que había realizado un lunch de fin de año para la empresa en que trabajaba su novio. "Se acercó a preguntarme por el servicio y nunca más nos separamos"-suspiró.

-Me voy, querido. En cuanto encuentre lo que busco y me merezco te mudarás conmigo y dejarás este negocio. ¡Ya tenemos treinta años, es hora de formar una familia!-gritó exasperado.

-Olvidas que tengo a mi madre en un Residencial, y es caro. ¿Cómo crees que lo pagaré? Ella solo tiene una pequeña pensión que le dejó mi padre-explicó titubeando como hacia cada vez que el joven sugería esa idea

-Yo lo haré, y tú no tendrás más preocupaciones el resto de tu vida. Podrás dedicarte al acuarismo que tanto amas-comentó refiriéndose al hobby de su novio.

-Me gusta mi trabajo-insistió Jake.

-Luego lo discutiremos. Primero, lo primero-exclamó Fabián corriendo apurado hacia la salida.

-Avísame cualquier novedad-asintió Jake.¿No te olvidas de algo?

-Por supuesto, amor. Serás el primero en saberlo-regresó recordando que no lo había besado antes de irse.

-*"No sé cómo seguimos juntos. Somos muy diferentes, aunque no puedo negar que lo amo. O eso creo*-suspiró Jake saludando a la clienta que acababa de entrar al negocio.*Pero, ¿por qué la idea de vivir juntos no me atrae?*-se preguntó sin querer atender a la respuesta que su corazón le daba.

“Cambia tu destino hasta donde tú quieras
llegar”

(Alex Ubago).

Capítulo uno

Jake estaba terminando de almorzar cuando el gallo de su celular comenzó a cantar indicando que tenía una llamada.

-Es Fabián. Veremos que le ocurre ahora. Hola- saludó con ansiedad. ¿Cómo te fue con el contratista?

-Tengo una entrevista hoy a las diecinueve .Ya no tenía lugar hasta la semana próxima, pero le rogué que me atendiera y finalmente aceptó. ¡Espero encuentre algo bueno ya que cobra muy cara la sesión!-refunfuñó el hombre.

- Pensé que obtenía un porcentaje luego de que obtenías el puesto -comentó Jake.

-Eso también. Una vez que comience a trabajar le pago la mitad de mi primer sueldo.

-Ua.Debe ser millonario, sabe cómo sacar el jugo a los necesitados.

-Es el mejor y lo sabe. En fin, quería pedirte un favor.

-Dime-asintió Jake.

-Que me acompañes a la entrevista, debo confesar que estoy un poco nervioso.

-¿Tú nervioso? -balbuceó Jake recordando la seguridad que manifestaba siempre el joven.

-No te burles. Estoy preocupado por el trabajo, el Covid ha hecho estragos en la situación económica del país y muchas empresas han cerrado. Temo no encontrar un trabajo a mi nivel.

-Cerraré antes e iré contigo. ¿A qué hora pasas a buscarme?

-Dieciocho y quince.

-Estaré listo. Y ahora te dejo, debo preparar todo para la tarde. Ya mismo pondré un cartel en el vidrio anunciando de qué hoy cierro a las diecisiete y quince.

-Ya te aconsejé que tomes un dependiente que te ayude.

-He probado varios y ninguno es lo que preciso. Además, como comentaste la situación está dificilillas ventas ya no son las mismas.

-Como gustes. Hasta dentro de un rato. Y muchas gracias.

-Nada que agradecer, somos pareja -asintió Jake.

Fabián finalizó la llamada y encendió su auto con la idea de dar un recorrido por la rambla Montevideana para ir preparando la entrevista.

- Este paseo funciona como un ansiolítico- comentó enlenteciendo la marcha para mirar el Parque de diversiones apagado por ser día de semana. Es como si ver el mar me diera ánimo. Espero que el Señor Tur me consiga un buen empleo y pueda convencer a Jaki de que de venda esa maldita panadería. Es increíble que haya gente con aspiraciones tan pobres- refunfuñó mientras admiraba el pacífico entorno que lo rodeaba.

A la hora prevista, el hombre detuvo su auto frente a la panadería y tocó dos bocinazos como acostumbraba cuando no deseaba entrar

. Casi enseguida, la puerta se abrió y un sonriente Jake cruzó hacia el Peugeot 108 de su novio.

-Aquí estoy-sonrió dándole un rápido beso. A tu disposición.

-No des malas ideas que tengo una cita laboral--sonrió Fabián mirándose ni le espejo del coche para observar su peinado.

-Vaya, veo que esta entrevista te ha puesto de buen humor. Deberías pedir una más seguido -comento Jake haciendo alusión a la seriedad que casi siempre ostentaba su novio.

-Con seguridad hoy saldré con el empleo de mi vida. Y al fin estaremos juntos-sonrió el hombre apretando fugazmente la mano de su compañero.

"Ese tema sigue sin entusiasmarme Tendría que estar feliz de que Fabián piense en irse a vivir conmigo, pero no se….preferiría esperar"-reflexionó el joven sin responder.

-¿Sucede algo? Te has puesto serio.

-Para nada. Todo el tema de tu empleo me inquieta.

-Contigo a mi lado, todo irá bien-asintió Fabián más animado. ¿Estoy bien vestido?-sonrió arreglándose el traje sin imaginar las dudas que flotaban por la mente de su novio.

-Pareces un modelo-asintió Jake ganándose un beso de su novio.

Diecinueve y cuarenta y cinco la pareja subió al piso veinte de la Torre Uno World Trade Center Montevideo, ubicado en uno de los barrios más selectos de la capital uruguaya.

-¿Crees que podré poner aquí una sucursal de mi panadería?-bromeó Jake.

-¿Por qué no? – asintió Fabián descendiendo del elevador.

-Que vista maravillosa -silbó Jake observando a la cercana playa mientras se dirigían a la Oficina de Mason Tur. El sol cayendo sobre las aguas, y los veleros, ¡parecen tan pequeños desde aquí!

-Allí es, luego sigues mirando, ya casi son las siete-acotó tocando el portero de la oficina.

-*"Parece un paraíso"*-continuó pensando Jake sin hacer más comentarios.

-Buena tardes-respondieron a la segunda vez
que Fabián tocó el timbre.

-Buenas. Mi nombre es Fabián Lon y tengo una
cita con el Señor Tur.

-Adelante-asintió una voz femenina
indicándoles que pasaran.

-Con permiso-susurró este intimidado por el
elegante sitio.

-Tomen asiento. El Señor Tur está con un
cliente, en cuanto termine los llamará-anunció la
muchacha indicándoles un sillón contra la
ventana.

-¡Que belleza!-exclamó Jake dirigiéndose hacia
la enorme pecera empotrada sobre una pared
.Siempre quise tener una de estas.

-¿Y dónde la pondrías?-se burló Fabián
.Además dan mucho trabajo, tú tienes que hacer
pan.

-Es un sueño. Tal vez algún día tenga el espacio
suficiente para armar una. Cuando vivamos
juntos-asintió dolorido.

-Ahora no es momento de hablar sobre ese tema -rezongo Fabián enfocando su atención a los hombres que se asomaban desde el despacho de Tur.

-Nos vemos en un mes-sonrió quien daba la impresión de ser el dueño de casa {Recuerda que tu primer salario tendrá el descuento correspondiente a mi porcentaje.

-Por supuesto, Señor Tur. Nunca podré pagar lo que hizo por mí-exclamó el otro individuo emocionado.

-Claro que sí. Ya me diste el adelanto correspondiente, en cuantos empieces con tu trabajo saldarás el resto de la deuda- explicó sonriente.

-Quise decir que…usted logró lo imposible- titubeó el supuesto cliente. Tengo sesenta años y poco estudio.

-Comprendo, era una broma .Buena suerte.

-Gracias –repitió el hombre marchándose.

Mason iba a cerrar la puerta cuando fijó sus interrogantes ojos en Fabián.

-Le quedan dos personas –comentó la secretaria percibiendo la duda en la mirada de su jefe.

-¿Dos personas? Aquí veo solo una. Y son las diecinueve-rezongó.

-Usted dijo que les diera hora-Y eso hice-asintió la joven sin intimidarse.

-Está bien, ¿dónde está la otra?

-Aquí estoy –respondió Jake rápidamente. Admirando su pecera.

Mason entrecerró los ojos y sintió que un extraño nudo le cerraba la garganta impidiéndole hablar.

-*"Nunca me ocurrió algo igual, este joven me ha dejado sin palabras... Es….como si lo conociera de toda la vida, o como si lo hubiera esperado siempre.* No sé ni lo que pienso-*"* reflexionó el contratista.

-Señor Tur, ¿se siente bien? Se ha puesto pálido-acotó la Secretaria.

-Debe ser el cansancio. Pasen-comunicó recobrando su compostura.

-Jaki, será que esperes aquí. Podrías aburrirte escuchando nuestra conversación.

-Pensé que eran socios o algo así-arriesgó Mason.

-Somos amigos-afirmó Fabián ignorando la mirada estupefacta de su novio. Quiso acompañarme.

-Entiendo, el joven no busca empleo -insistió Mason.

-No, yo tengo una panadería –sonrió Jake ignorando la furiosa mirada de su novio… "El Bizcocho Feliz"

-Vaya-carcajeó el contratista. Nunca escuché ese nombre. ¿Queda por aquí?

-Oh, no.Está en el Barrio la Comercial .Amézaga y Cufré.No sé si conoce.

-Claro que sí. Una tía muy querida vivía por la zona, pasé momentos muy dichosos en su casa durante mi niñez.Bien, sígame Señor...

-Lon –afirmó Fabián.

-Es cierto, perdone. A esta hora estoy agotado.

-Seguiré admirando la pecera mientras ustedes platican. Realmente me ha dejado fascinado.

-No demoraremos –sonrió Mason cálidamente.

"Tan fascinado como tú me has dejado a mí"-

pensó el hombre mordiéndose los labios.

Puedes preguntarle a mi secretaria sobre la

pecera-comentó haciendo un gesto a la

desprevenida mujer. Hilda, te agradezco

expliques a nuestra visita lo que sea de su

interés.

-Sí…claro-tartamudeó esta.

Media hora más tarde, la puerta volvió a abrirse

y Fabián salió junto con el contratista.

-¿Entonces cree que puede conseguirme algo

de acuerdo a mi CV?

-Por supuesto .Tengo varios ofrecimientos en el

área de ingeniería, pero debo analizarlas antes.

Usted es una persona muy preparada y con un

gran carisma, no puedo enviarlo a cualquier

lado.

-Es cierto, en la Facultad, nunca perdí un

examen-comentó orgulloso.

 -Un gran logro, sin duda, que jugará a su favor-

asintió Mason siguiéndole la corriente

-Jaki, nos vamos-llamó a su novio que seguía concentrado en los peces-

- Parece que su amigo no puede separarse de mi pecera- acotó Mason fijando su mirada en el distraído joven.

-Así es. Y como ya dije, no pierdo la esperanza de tener una igual algún día-comentó cuando su novio volvió a llamarlo.

-Mientras no lo consigas puede venir a verla cuantas veces quieras-arriesgó Mason.Estoy pensando en poner otra muy pronto.

-Oh-exclamó Jake sintiendo que su mandíbula caía por el inesperado ofrecimiento. No quisiera molestar.

-Para nada. Es una invitación formal-sonrió estirando una tarjeta.

-Gracias-asintió Jake tomando rápidamente el papel.

 -Bien, debemos irnos-comentó Fabián levantando un ceja. El Señor Tur debe estar deseando ir a su casa a descansar.

-No hay problema, el tema de las peceras me encanta a-anunció sin inmutarse por la repentina tos de Hilda.

-¡Igual que a mí!-exclamó Jake robándole una sonrisa .

-Será mejor irnos-masculló Fabián.

 -Lo llamaré en cuanto tenga novedades-agregó Mason comprendiendo que no deseaba perder de vista a Jake.

-Estaré atento-asintió Fabián caminando hacia la puerta seguido de Jake, que parecía hipnotizado por la pecera.

-Mason, no sabía que ibas a poner otra pecera-se burló la secretaria cuando quedaron solos.

-Por ese joven pondría un acuario completo.

-Vaya, parece que realmente te gusta. Nunca vi tan entusiasmado por un chico.

-Es más que eso, creo que por primera vez me enamoré. ¿Crees en el amor a primera vista?

-¿Viniendo de ti? ¡No!!-carcajeó la mujer.

-Pues te sorprenderás de lo que soy capaz. Pienso casarme con ese joven antes de que finalice el año.

-No creo que a su novio le guste la idea-
tartamudeó la empleada.

-Ese idiota de Lon dijo que era un amigo, así
que…Salta a la vista de que son pareja. Vi la
tristeza en los ojos Jake al escuchar la
aclaración.

Además,estoy pensando en conseguirle un
gran empleo, pero muy lejos de aquí. Conozco a
los de su tipo, lo tomará en un santiamén.

-Entonces perderás a tu enamorado, seguro lo
llevará con él.

-Mi cliente está demasiado absorto en su
posición social, al principio no se arriesgará Por
otro lado, no creo que Jake acepte, sus ojos se
iluminaron cuando habla del Pan Feliz. Sin
duda, elegirá su negocio.

-Bizcocho Feliz-acotó la mujer. Y te tienes
demasiada confianza.

-Lo que sea. Ve preparando tu vestido para la
boda.

-Te picó fuerte esta vez-comentó la empleada
asombrada.

-Averigua todo lo que puedas de esa panadería, me ha surgido un amor increíble por las facturas.

-Oh, no –exclamó Hilda rodando los ojos.

-Te noto enojado –comentó Jake acomodándose al lado de su compañero.

-Ese tipo no dejó de coquetearte, se le caía la baba por ti.

-Tonterías, solo quiso ser amable. Y le gustan las peceras tanto como a mí.

 -No seas idiota, al vejestorio le gustarían los rinocerontes si a ti te simpatizan.

-¿Viejo? No parece tener más de cuarenta años.

 -Parece que lo miraste bien-refunfuñó Fabián.

 -¿Celos, cariño? Después de todo, solo somos amigos. Eso fue lo que afirmaste –comentó Jake sarcásticamente.

-Tuve que cubrirme por si era homofóbico.

-Encontrarás muchas personas que odien a los homosexuales en tu vida, ¿Qué les dirás cuando me mude contigo? ¿Qué somos primos?

-Ya veremos .Lo primero es conseguir un buen empleo, ya pensaremos una buena excusa.

-No quiero ser una excusa, deseo un hogar con hijos–asintió el joven con tristeza.

-Dejemos ese asunto, me quedaré esta noche-sonrió Fabián con picardía acariciando el muslo de su prometido.

-No me siento bien, además mañana tengo que levantarme muy temprano para cocinar. Es mi visita semanal a mamá, y sabes que voy antes de abrir el negocio.

-¡Siempre cocinar!-gruñó Fabián.

-Ya te lo dije, es mi trabajo-afirmó Jake sin inmutarse.

-Estaba pensando que con el dinero de mi despido podríamos irnos aun corto viaje. Tal vez a La Paloma, no hay demasiado gente en abril.

-Primero debo contratar a un persona de confianza y prepararla. Además, deberías guardar ese dinero. El empleo podría demorar.

-No lo creo. Tú enamorado prometió acelerar las cosas, quizá podrías visitar la pecera con frecuencia, así Tur me tendría presente.

-Ten cuidado con tus palabras –advirtió Jake entrecerrando sus ojos color avellana.

¡Es una broma!-exclamó al ver la seriedad en el rostro de este.

-De cualquier forma, me gusta la idea-masculló Jake cruzando los brazos sobre su pecho.

-¿De visitar a la pecera?-río Fabián.

-Y a su dueño –guiñó un ojo hacia Fabián que palideció al escucharlo. Para te, digo.

"Quiero decirte que te amo porque es mi única verdad"

Laura Pausini

Capítulo II

-Nos vemos mañana-se despidió Mason de su secretaria. Que tengas buena noches.

-Igual tú. ¡Sueña con tu amor!-bromeó esta.

-Y tú prepara tu vestido de fiesta, ya te lo dije-advirtió este sin dejar de caminar hacia el estacionamiento.

-*"Pasaré un rato para ver a Eduardo. Debo pedirle consejo. Aunque tal vez no sea el más adecuado, cambio de pareja como de medias* -decidió Mason recordando al veterano Coiffeur a quien consideraba su mejor amigo.

El aludido estaba realizando el arqueo diario de caja en el momento en que Mason se anunció en la puerta del negocio.

-Miren quien llegó- sonrió el dueño de la peluquería "Elegante", una de las más reconocidas del barrio Pocitos. Ábranle, por favor-pidió a una de sus empleadas.

-Enseguida-asintió esta.

-Hola. Mery-saludó Mason a la chica. ¿Cómo has estado?

-Mejor ahora que te veo-bromeó esta.

El hombre le envió un simpático guiño, y sin detenerse llegó hasta su amigo.

-Siempre contando dinero-comentó Mason besando a Eduardo.

-Es otro de mis placeres, cuando no estoy cortando pelo o en los brazos de un hermoso chico-respondió burlón. Y ahora cuéntame, ¿Qué te trae por aquí? Quedamos en vernos el sábado en casa de Grogui.

-Tuve un imprevisto y necesito tu sabio consejo.

-¿Cómo qué?-levantó Eduardo las cejas.

 -Me enamoré   -y sé lo que vas a decime-pero esta vez es en serio-agregó cortando las palabras del peluquero.

-¿Cómo se llama esta vez? Imagino que el sábado lo conoceré.

-Imposible, todavía no sabe que será mi esposo.

-¿Hablas de boda? ¡Ahora sí que me asustas!-carcajeó el hombre.

 -El tema es como hacer que se fije en mí.

-Eso nunca fue problema para ti, siempre tuviste a todos los que quisiste con solo mover un dedo.

 -Creo que no has escuchado…él es especial. Y tiene novio.

-Déjame terminar con esto y me narras extramente lo sucedido-sonrió Eduardo con curiosidad. Ahora sí que me has sorprendido.

-Si tienes tiempo, te invito a cenar.

-Claro que sí, no me perdería esto por nada del mundo-agregó el peluquero graciosamente.

-Puedo asegurarte de que te sorprenderás con esta historia -sonrió Mason.

-¿Viniendo de ti? ¡No lo creo!-carcajeó Eduardo golpeando cariñosamente el hombro de su amigo.

-¿Entonces qué piensas?-preguntó Mason luego de narrar con lujo de detalles lo ocurrido.

-Debes asegurarte que lo que sientes no es un espejismo. Y si estás convencido, debes pensar muy bien cómo actuar.

-Estoy seguro de mis sentimientos, pero todavía no he decidido cómo proceder. Aunque hay una idea que está dando vuelta por mi cabeza desde que lo conocí.

-Cuéntamela y luego no vamos. Son casi las veintidós.

-Seré breve, así que atiende bien-sonrió Mason.

-No sé qué decir-susurró Eduardo mientras terminaba su copa de vino. Te desconozco. ¿Pero te parece buena idea?

-Pediste mi opinión y te la daré: Estás jugando con fuego. Y puedes resultar quemado.

-Tonterías, todo saldrá bien. Este año me caso.

-No sé para qué me buscaste si ya estabas decidido.

-Siempre es bueno escuchar a un amigo. Brindemos por mi futuro prometido-sonrió levantado su copa al cielo.

-Como digas –aceptó un incrédulo Eduardo.

-Todavía no he recibido noticias de Tur-comentaba Fabián cuarenta y ocho horas más tarde.

-Hace muy poco tiempo, tal vez todavía no haya surgido nada interesante-respondió su novio.

-Él dijo que tenía varias propuestas, quizá si tú fueras a ver esas peceras podrías adelantarme algo.

-No seas idiota-rezongó Jake.

-Si para el fin de semana no llama me iré todo el fin de semana a la Paloma, contigo o sin ti-añadió Fabián jugando distraídamente con los pelos de su barba.

-Deberás ir solo, me contrataron para atender una boda el próximo sábado.

-¿No puedes dejar de trabajar un solo día, verdad?-rezongó Fabián mientras miraba en su celular el mensaje recién llegado

-Ya te dije que mi madre está con demencia senil y debo pagar la clínica. Preciso el dinero.

-Me trajiste suerte-exclamó Fabián. ¡Es Tur! Quiero verme hoy a las dieciocho...

-Te lo dije, era cuestión de paciencia.

-Pensé que me había olvidado, o mi CV no le ofrecía ningún atractivo.

-¿Deseas que te acompañe?

-No será necesario. Firmar el contrato me llevará un minuto, en un rato tendré un nuevo empleo -sonrió optimista.

-Te deseo lo mejor-suspiró Jake abrazándolo.

 -Eso espero. Por los dos-asintió este haciendo girar a su novio entre sus brazos.

Pese a su intención de contenerse, Fabián se presentó en la oficina quince minutos antes de la hora.

-El Señor Tur me espera- se anunció a la secretaria que sonrió misteriosamente al verlo.

-Le avisaré que llegó-agregó la mujer dirigiéndose al despacho de su jefe. Señor, Mason, llegó la persona que espera.

-Que pase-sonó la conocida voz.

-Ya oyó. Adelante-informó la mujer abriendo a la puerta.

-Señor Lon, ¿Cómo ha estado?-exclamó Mason indicándole la silla frente a su escritorio.

-Bien, gracias-titubeó el hombre sentándose. Pensé que me había olvidado

-De ninguna manera, pero tenía que buscar algo adecuado a sus importantes conocimientos-lo halago.

-Es usted muy amable.

-Digo la verdad, y gracias al tiempo que me tomé, ahora tengo dos propuestas para hacerle- comentó el hombre abriendo una carpeta de cuero.

-Excelente -sonrió Fabián satisfecho.

-La primera es una Oficina Local, en este mismo complejo. Entraría como ingeniero auxiliar con un sueldo de dos mil dólares por mes y seis meses de prueba.

-Menos de lo que yo ganaba –comentó con desilusión.

-La segunda es mucho más consistente – continuó Mason cruzando los dedos por debajo de la mesa. Le ofrecen cinco mil dólares por mes, sería i jefe de toda una sección. Y un contrato de dos años.

-Oahu-exclamó Fabián sonriendo.

-Pero…...hay un pequeño problema.

-¿A qué se refiere?

-Es en Buenos Aires. La Empresa también correría con los dos primeros meses del alquiler de un apartamento en una zona residencial.

-Oh-musitó Fabián entrecerrando os ojos.

-Imagino que tendrá que consultarlo con su familia. Pero deberá apurarse, la empresa me dio hasta final de semana. Y hoy es jueves.

-No tengo a nadie-se apresuró a responder. Solo que me ha sorprendido, ¿Por qué venir a buscar gente a Uruguay?

-El dueño es uruguayo, y prefiere ayudar a sus compatriotas-asintió.

-Entiendo-asintió Fabián.

-Piénselo y me avisa, ahora debo seguir entrevistando a otras personas. Por si usted no acepta-comentó Mason haciendo ademán de levantarse. El otro candidato debe haber llegado.

-Espere -exclamó Fabián sorpresivamente. No busque más. Acepto el cargo.

-¿Está seguro?-silabeó Mason conteniendo las ganas de aplaudir. Tal vez desee conversarlo con su amigo.

-¿Con mi amigo?-susurró imaginando que se referría Jake.

-Él que lo acompañó el otro día.

-Ah.Jake-fingió acordarse. Como usted dijo, somos amigos, nada más. Estará feliz por mí.

-No sabe cómo me gusta escucharlo-sonrió Mason.Creo que es la persona ideal para ese puesto.

-También yo-sonrió orgulloso. Ahora, deme el contrato.

-Será un placer-carraspeó Mason ofreciéndole el papel. Algo más.

-Diga –titubeó Fabián.

-La mitad de su primer sueldo será para mí y deberá tenerme al tanto como marcha en su trabajo. Recuerde que soy su representante legal.

- Lo llamaré semanalmente. Puede estar seguro.

-Genial, procedamos a firmar-asintió Fabián.

Mason cerró la puerta atrás su cliente, y en seguida levantó el teléfono.

-Llamaré a Buenos Aires para avisar que ya cubrí el puesto. Y de paso, agradeceré a mi amigo Paul por haber aceptado mi propuesta. Fue una suerte que estuviera buscando justamente un ingeniero para su negocio. Bien vale la pena haber renunciado a mi comisión y tener que pagar un tiempo del alquiler si consigo lo que quiero, o a quien quiero. Conozco a los de su calaña, las primeras semanas vendrá a Uruguay y luego desaparecerá. Y allí, estaré yo para consolar al dulce panadero. ¡Increíble cómo puede cambiar la vida de una persona en pocas horas!

-Tu abierta sonrisa da pauta de que todo salió como esperabas-comentó la secretaria abriendo la puerta.

-Por supuesto, ¿acaso lo dudaste alguna vez?

-¿Qué hubiese pasado si Lon elegía la primera Empresa?

-No lo sé, pero tenía que arriesgarme-sonrió recordando que la primera oferta jamás había existido.

-Eres increíble, Mason.

-Lo sé, ahora, ¿cuántos quedan?

-La Señora Maine, debería estar aquí en quince minutos.

-Perfecto, me da el tiempo de hablar con Eduardo y ponerlo al tanto. Estoy seguro de que se pondrá feliz al enterarse.

.-Con permiso, tocan el timbre. Debe ser la última clienta-sonrió la mujer marchándose.

Jake no podía parar de llorar mientras escuchaba atentamente a la explicación de su novio.

-Entiéndelo, no tuve más remedio. Hay muy poco trabajo para alguien de mi nivel. Y sabes que estoy acostumbrando a darme todos los gustos.

-Te extrañaré tanto-susurró Jake.

- Quiero que vengas conmigo. Nos casaremos mañana mismo si eso es lo que deseas.

-. ¿Pero qué puedo hacer yo en un país extraño?

-Poner una panadería, hay mucha más gente que aquí-insistió con paciencia.

-Lo siento, pero no iré. Tengo a mi madre internada y viajar no le hará bien.

-Nunca pensé en tu mamá. Creí que lo dabas por supuesto-susurró con un hilo de voz. Es claro que ella no puede moverse del Residencial.

-¿Cómo puedes ser tan frío? ¡Es mi única familia directa!-sollozó recordando a un lejano primo que hacía tiempo no veía.

-Una madre que la mayor parte de los días no sabe quién eres, con lo que gano le pagaremos la mejor clínica del Uruguay

--Tal vez puedas viajar los fines de semana, es una hora de viaje. Y yo arreglaré para ir algún día.

-Te necesito a mi lado, quiero a mi compañero conmigo.

-Perdóname, pero no puedo ir-insistió Jake.

-De acuerdo, probaremos como tú dices. Y veremos cómo resulta-aceptó Fabián finalmente.

-Lo haremos funcionar, ya lo verás-sonrió este besando con pasión a su amante.

-Creo que vale la pena intentarlo-susurró Fabián sintiendo que el deseo ardía en su piel.

Dos meses después de la partida, Fabián casi había dejado de venir al país. En el último mail, explicaba a su novio que estaba cansado y que la distancia lo había enfriado.

"Prefiero dejar un tiempo, además me extenderán el contrato por tiempo indefinido. Si todo sale como pienso, no creo que regrese Uruguay"-finalizaba la última misiva.

Viajaré el próximo fin de semana y conversaremos. Te amo y no deseo perderte"- respondió Jake.

Ahora no es un buen momento, necesito espacio. Perdóname.

"Hay otra persona, ¿verdad?

-Nada importante, como te dije, solo preciso tiempo. Sigue con tu vida.

-Pero íbamos a casarnos,solo faltaba fijar la fecha.

-Ya no pasará.Trata de entenderme.Y perdonarme,si puedes.

-Buena suerte, Fabián-acotó Jake-cubriéndose el rostro con las manos mientras las lágrimas fluían como lava.

"También para ti. Cuídate"-finalizó.

Mason salía de la ducha y escuchó sonar su celular.

-No llego-suspiró. Si es importante dejará un mensaje de voz.

Cubriéndose con una toalla, salió del baño y comprobó de inmediato quien había llamado.

"Llámame en cuanto puedas. El ingeniero que me enviaste resultó muy eficiente, pero también muy enamoradizo. Desde que llegó ha cambiado incontables veces de pareja, aunque ahora parece haberse enamorado. O por lo menos se mudará con un compañero de trabajo. En definitiva: Si todavía lo deseas, tienes cancha libre con el chico que me contaste.

-Ya mismo responderé a Paul. Y le preguntaré si desea ser padrino de la boda. El otro, será Eduardo-sonrió disponiéndose a discar.

-

"Por estar contigo, por estar contigo, si fueras caminante yo sería camino"
(José José).

Capítulo III

Jake se puso su gabardina y tomó un paraguas comprobando la tormenta que se avecinaba. En una hora, iría a visitar su madre al Residencial, tal como hacía cada sábado.

-Pero esta semana voy más tranquilo gracias a que la Señora *Schindler* accedió a trabajar conmigo este fin de semana, y con un poco de suerte espero que acepte ayudarme todos los días. No solo cocina muy bien, sino que es de absoluta confianza -reflexionó observando a la antigua amiga de su madre que había quedado viuda recientemente.

-Ya son las catorce, ¿qué estás esperando?- comentó la mujer golpeando los dedos sobre la mesa. Puedo manejarme sola, muchacho. No olvides que trabajé veinte años de jefa de cocina en un hotel.

-Lo sé, Moira-agregó presuroso. Estaba pensando la suerte que he tenido al que aceptaras trabajar conmigo, y como me gustaría que pudieras venir toda la semana.

-Me alegra que lo comprendas -presumió la mujer. Soy muy buena en repostería, y tengo recetas exclusivas. No olvides que soy pariente de Oscar Schindler y tengo muchos amigos judíos y compartieron conmigo sus exquisiteces. ¡Te llevaré este negocio a las nubes!

-No lo dudo-sonrió Jake. ¡Eres una genia! Por eso mismo, me encantará que fuéramos un equipo-insistió el joven.

-Pensaré tu propuesta, me gusta trabajar contigo. Eres tan encantador como tus padres -asintió la mujer secándose las lágrimas con el delantal.

-Te dejo o llegaré muy tarde. Además, no quiero que me agarre la tormenta en la calle.

-Ve de una vez, y dale mis saludos a Ema. La última vez que fui no me reconoció.

-Lamentablemente eso es cada vez más frecuente, y ahora que la mencionas le llevaré algunas rosquitas de miel que son tu especialidad.

-Excelente idea, quizá la ayuden a recordar. Siempre le llevaba cuando iba de visita a tu casa.

-Lo dudo, pero nada perdió con probar. Y agrega algunas para el personal, son muy amables con nosotros.

-Ten fe, jovencito. Las personas suelen sorprendernos-suspiró buscando una bolsa más grande.

-¡En un rato nos vemos!-acotó Jake acercándose a la puerta para salir al inclemente día.

Estaba distraído tratando de abrir el paraguas cuando la ronca voz lo sobresaltó, haciéndole pegar un salto hacia atrás.

-Buenas tardes-sonrió Mason con amabilidad. ¿Cómo has estado?

-Señor Tur. ¿Qué hace por aquí?-titubeó Jake al reconocer al hombre cubierto con una oscura gabardina.

-Estaba haciendo negocios por la zona y recordé que tu panadería se ubicaba en esta zona. No resistí la tentación de probar tus bizcochos.

-Justo me iba .Pero la dependienta lo atenderá.

-En realidad me gustaría conversar un minuto contigo-susurró en voz más baja al ver que el joven seguía su camino.

-¿Conmigo?-preguntó Jake con asombro.

-Si. Se trata de tu amigo…Fabián Lon.Quizá puedas decirme como está. Hace tiempo no sé nada sobre su vida.

- Lo siento mucho, pero no puedo ayudarlo, al poco tiempo de marcharse, dejó de llamarme.

-No importa, me gusta hacer un seguimiento de mis clientes, pero no siempre lo consigo.

-Bien, pase y llévese los bizcochos que desee. Le diré a Moira, mi encargada que no le cobre, corren por cuenta de la casa. Y de paso cambiaré el paraguas, este no sirve más.

-No puedo aceptarlo, pagaré mi comida o no llevo nada –se encaprichó Mason. Y te agradezco no seas tan ceremonioso.

-De acuerdo-suspiró Jake.Como gustes.

-¿Hasta dónde vas?

-Al Residencial Los Años Plateados, tengo a mamá internada allí ya que padece Demencia Senil –comentó el joven con naturalidad.

-Si me permites, elijo mis bizcochos y te alcanzo .No tengo más nada que hacer y anunciaron una tormenta terrible.

-No puedo permitir que te molestes de esa forma-enrojeció Jake .

-Al contrario, es un placer, contribuirás a que un viejo solitario pase acompañado un lluvioso sábado

-Muchas gracias-asintió Jake.Pero no cobraré las facturas.

-¡Está bien!-exclamó Mason girando los ojos.

Quince minutos después, el Camaro azul de Mason se estacionaba en la puerta del Residencial.

-Muchas gracias-acotó Jake abriendo la puerta del coche.Has sido muy amable.

-Puedo esperarte si lo deseas, o acompañarte a ver a tu mamá.

-Ya te he molestado lo suficiente-comentó Jake estupefacto por el ofrecimiento.

- Y yo reitero que es un verdadero placer.

-Entremos entonces-aceptó Jake.

-Te sigo-asintió sonriendo.

-¡Hola, amigos!-saludó a los guardias. Traje algo rico para convidarlos.

-Nos tienes mal acostumbrados, Jaki comentó uno de ellos. ¡Pero acepto!

-A mí también me convidó, parece que desea fundir el negocio-carcajeó Mason.

-No digas tonterías, es cada tanto. Perdón, le presunto a mi amigo Mason Tur.

-Hola-saludaron los empleados sin dejar de masticar.

-Bien, iremos a visitar a mamá

-Espera un momento. Ema no quiso salir de su habitación –le advirtió un enfermero. No tiene un buen día.

-Veré si se alegra al verme- acotó ilusionado.

-Ojalá. Buena suerte-sonrió el hombre.

-La mayoría de las veces no sabe quién soy- explicó a Mason.

-Conozco sobre esa enfermedad, la tía que te mencioné cuando nos conocimos también la padeció .Mis padres murieron en un accidente cuando era chico y me crie con mis tíos. También partieron demasiados jóvenes-explicó al observar la interrogante en los ojos de Jake.

-Entonces sabrás que no es fácil-respondió apretando en forma inconsciente el brazo de su acompañante.

-Y requiere de mucho gasto-murmuró fingiendo no darse cuenta del toque.

-¡Si lo sabré!-sonrió Jake deteniéndose frente a una puerta pintada de celeste. Es aquí.

-Muy bien-asintió Mason.

 -Creo que un hombre tan ocupado como tú deberá estar en un lugar mejor que un asilo de ancianos-sugirió Jake antes de entrar.

-Y yo creo que soy capaza de elegir sonde quiero estar-comentó con firmeza. Pero si molesto me iré.

-De acuerdo, disculpa-agregó el muchacho. Hola, mamá .Aquí estoy Y vine con un amigo.

-Jaki, querido-exclamó la mujer. ¿Cómo has pasado tu semana?-preguntó la mujer extendiendo su brazos hacia el recién llegado.

-Excelente. Me acaba de contar un pajarito que hoy no te has portado muy bien-sonrió observando la larga trenza blanca que rodeaba la cabellera de su madre.

-Ese fue Jorge. ¡No respeta la intimidad de la gente!-rugió la mujer fingiendo enojo. ¿Y cómo se llama ese joven tan guapo que te acompaña?-comentó fijando su mirada en Mason.

-Mason Tur. Un gusto conocerla.

Ema enmudeció por un momento, hasta que finalmente retomó la palabra.

-Pensé que me iría este mundo dejándote solo. Pero por suerte me equivoqué, veo que has conseguido un novio muy atractivo.

-Mamá, el Señor Mason es un buen amigo-se apresuró a responder Jake.

-No estaría aquí si fuera solo un amigo, ¿o crees que nací ayer?-retruqué Ema.

-Y nunca dije que fuera Gay-insistió el muchacho.

-Jake Pierce, te conozco desde antes de nacer, ¿Por qué tendrías esa fotos de revistas de hombres desnudos si no eres Gay?

-Yo…No sabía que las habías visto-enrojeció el joven escuchando la carcajada de Mason.

-Y tú- joven, ¿Qué intenciones tiene con mi hijo?-exclamó señalándolo con su bastón de madera.

-Las mejores, Señora. Puede estar segura.

-Llámame Ema, muy pronto serás de la familia.

-Mamá, por favor, es solo un amigo.

-¿Piensa que tu padre mejorara?-preguntó sorpresivamente.

-Mamá, yo…no lo sé -susurró Jake comprendiendo que el momento de lucidez había concluido.

 -Me gustaría que vinieras más veces a visitarme. Ha pasado un mes desde tu última visita-comentó mirando hacia la calle.

-Te traje unos bizcochos caseros, tu amiga la Señora Schindler ha comenzado a trabajar en el negocio –comentó sin obtener respuesta.

-Jóvenes, retírense de aquí. No puedo pensar con extraños mirándome –exclamó minutos después.

-Hora de irnos, dejaré el resto de las facturas al personal. Después se las darán-indicó a Mason con tristeza.

Jake dejó la bolsa con la bolsa en recepción y siguió su camino sin decir una palabra más.

-Los momentos de lucidez duran cada vez menos. Gracias por seguirle la corriente-acotó el joven acomodándose en el vehículo.

-De nada, pero debo hacerte saber que tu mamá no se equivocó. Seré directo: Me gustas y quisiera conocerte mejor. Desde el momento en que te vi en mi oficina sentí algo muy especial por ti.

-¿No llegaste a mi negocio por casualidad, verdad?-sugirió Jake.

-No-confesó, hace mucho que quería conectarte. Cuando me enteré que habían extendido el contrato de Lon por más tiempo, decidí tirarme un lance.Espero que me disculpes.

-Entonces ya sabías que Fabián y yo éramos más que amigos.

-Lo sospeché desde que llegó, pero debes saber que él siempre lo negó. Y pensé que no te merecía.

-Seguro estás informado de que terminó conmigo hace unas semanas.

-Sip.La persona que lo contrató me confesó que se fue a vivir con …un compañero de trabajo .Dijo que era para ahorrar, pero mi empresa se hizo cargo del alquiler por varios meses.

-Así que ese era el motivo de su lejanía-susurró con melancolía.

-Jake, como te comenté me gustas mucho. Sé que ahora duele, pero ese tipo no te merecía-susurró Mason tomándole la mano.

-Lo siento, no estoy listo para…nadie más.

-Dame una oportunidad de ser tu amigo. Luego veremos cómo sigue la historia. Yo jamás me hubiera ido sin ti.

-No tenía más remedio-comentó Jake.

-Siempre hay una forma –comentó sin mencionar la pequeña trampa que había realizado.Estaba pensando en invitarte mañana a almorzar y pedirte que me acompañes a la Feria a elegir peceras. No he tenido tiempo de hacerlo, y la persona que prometió ayudarme jamás llegó –sonrió guiñándole un ojo. Y también quiero ubicar una en mi casa.

-MMMM.Me parece raro esa historia de las peceras.

-Quizá una excusa para atraer al hombre del cual podría enamorarme con facilidad.

-Mason, no quiero mentirte…

-¿Entonces, cuento contigo?

-Está bien, pero como amigo.

-Como lo que gustes -sonrió Mason encendiendo su vehículo para devolver a Jake hasta la panadería.

El frio golpeaba con fuerza el ventanal del pent house de Mason esa noche invernal.Sentado en su sillón favorito , el hombre observaba como Jake alimentaba a los peces, evocando lo rápido que había pasado ese primer mes juntos.

-Ya no concibo a la vida sin él, y aunque no ha pasado nada entre nosotros, me conformo tan solo con su compañía. ¡Nunca imaginé enamorarme de esta forma!-reflexionó evocando la irónica voz de su amigo Eduardo.

-*"¿Un mes juntos y no lo has metido en tu cama? Jamás pensé vivir este momento, Mason Tur perdidamente enamorado .Y ahora que recuerdo tampoco me lo has presentado"*

-¿En qué piensas?-preguntó Jake secándose las manos para sentarse junto al dueño de casa.

-En la extraña forma de conocernos…y en todo lo que significas para mí. Sé que no debería decirlo, pero ya no puedo ocultarlo más.

-Ha pasado demasiado tiempo, y me gustará que mi ayudaras a olvidar a la lejana imagen de Fabián. Eso sí es que todavía estoy a tiempo-musitó Jake seductoramente.

-¿Estás seguro? Una vez que pasemos a otro plano, ya no habrá marcha atrás.-susurró Mason acariciando la mejilla del joven.

-¿Contesta esto a tu pregunta?-murmuró Jake apoyando sus labios suavemente sobre los de su anfitrión.

Este se detuvo sorprendido, y tras una leve vacilación, murmuró:

-Pensé que este momento nunca llegaría.

-¿Y aun así pretendías esperarme?

-¡Toda la vida!-prometió el hombre arrastrando a Jake hacia su dormitorio.

-Dios mío, ¡eres adorable!-gimió Jake acariciando con sus ojos color avellana el rostro de su amante.

-Tú me haces mejor persona…has trasnformado mi vida de una manera que jamás hubiera creído.

-Hazme tuyo, Mason Tur.¡AHORA!

-Temo que luego me odies-susurró tratado de contenerse.

-¿Cómo podrá odiarte? Pero sí estás arrepentido puedo marcharme y olvidar que esto sucedió. Tú decides.

-Perdiste tu oportunidad, Jaki. ¡Serás mío!-gimió recorrido delicadamente el cuerpo desnudo de su compañero.

Jake respondió con toda sus fuerzas a las caricias del hombre, hasta que en el momento culmine, Mason gimió con fuerza.

-Cásate conmigo.

-La pasión te lleva a decir locuras-sonrió Jake con los ojos cerrados por el agotamiento y el placer dormido. Descansemos un rato, mañana pensarás con mayor claridad.

-Si piensas eso, te lo volveré a pedir apenas despiertes –asintió observando que el joven había quedado dormido.

 Jake sintió el aroma café y poniendo una bata se dirigió hacia la cocina. El sol brillaba con fuerza, pero un estrepitoso viento seguía golpeando las ventanas del apartamento que parecían gemir.

-Buenos días -sonrió Mason al verlo. ¡Al fin te levantas!

-¿Es tan tarde?-preguntó este peinándose con la mano el desordenado cabello.

-Casi las once, pero no importa, es domingo. Y dijiste que ya no abrías más este día.

-Es verdad, pero de cualquier forma dormí más de lo acostumbrado-bostezó. Perdón…

-Entonces, Jake Pierce, continuando con el diálogo inconcluso de anoche   ¿quieres casarte conmigo?-preguntó Mason poniéndose de rodillas delante del joven. En este momento,no tengo alianzas, pero poseo un gran amor hacia ti. Espero que sea suficiente.

-Sí, quiero-asintió el joven limpiándose los húmedos ojos. También te amo, Mason Tur.

Este se levantó rápidamente, y besó a su futuro esposo.

-Me has hecho el hombre más feliz del mundo, y te prometo que no te arrepentirás de amarme.

-Lo sé, y trataré de que tú tampoco.Si te sirve de algo, nunca sentí esto por Fabián. Ahora que lo pienso, ni siquiera estoy seguro de haberlo amado-asintió este apoyando su cabeza sobre el cuello de Mason al mismo tiempo que lo abrazaba por la cintura.

-Ahora toma tu café, así recobras aliento y podemos volver al lecho.

-Tengo que terminar tu pecera.

-Más tarde, hay tiempo para todo-sonrió Mason sobre los labios del joven.

Dos semanas después, las invitaciones de boda comenzaban a ser repartidas entre los amigos y los pocos familiares de la pareja.

-No imaginas como murmuran en nuestra Colectividad sobre tu repentino casamiento. Algunos preguntan si Jake no estará embarazado-carcajeó Eduardo.

-Suerte que es una llamada telefónica, no me gustaría que uno de mis testigos fuera con el ojo negro.

-¿Testigo? Gracias por el honor, querido amigo. Será un placer -susurró Eduardo con seriedad.

¡Mason Tur casado!-exclamó un segundo después robando al hombre una profunda carcajada.

«Llegaste cuando más necesitaba, cuando la vida me ahogaba.»
Melendi.

Capítulo IV

Mason contempló las cajas con algunas de las pertenencias de su prometido y lanzó un profundo suspiro.

-Todo marcha viento en popa, y por suerte, falta muy poco para que Jake se mude definitivamente conmigo. Debo agradecer a la Señora Schindler, que no tuvo reparos en abrir el negocio por la mañana. La decisión de nuestra querida Moira fue fundamental para que mi querido Jaki se decidiera de una vez. Y a ella le viene bien, se desliga del alquiler y tampoco tiene que trasladarse para ir a su empleo- concluyó mirando el reloj del livng.Hora de comenzar a vestirme, Eduardo nos espera a las veintiuna y son las seis, bueno sería llegar tarde a la cena que organizó para homenajearnos. Estaba terminando de peinarse cuando sintió sonar el timbre de la puerta de calle.

-Debe ser Jaki, que se olvidó la llave otra vez. ¡Es tan distraído!-sonrió amorosamente.

-Querido, creo que debes dejar la llave de casa permanentemente en tu bolsillo. No siempre estaré para abrirte-comentó sonriente.

-Gracias por lo de querido, pero no creo que sea la mejor forma de llamarme. Abre la puerta, cabrón.

-¿Lon? ¿Qué haces aquí?-tartamudeó. Se supone que vives en Buenos Aires.

-Eso es lo que deseas. Déjeme pasar o haré un terrible escándalo en tu puerta.

 -Ahora no puedo .Mi novio está por llegar-respondió con frialdad.

-¿Tu novio? Seguro te refieres al hombre que me robaste-gritó con todas su fuerzas.

-Vete o llamaré a la policía.

-Y yo iré directamente en busca de Jake a contarle que eres un traidor y fraguaste toda esta farsa para separarnos.

-Pasa. Tienes diez minutos antes de que te haga echar a patadas-gruñó tocando el portero eléctrico.

Mason estaba completamente vestido cuando abrió a la puerta de su apartamento.

-Entra y comienza de una vez -afirmó con sequedad.

-Eres un hijo de páutame ofreciste ese empleo para que me fuera y poder conquistar a Jake. ¡Pero no te saldrás con la tuya!

-No entiendo a qué te refieres, tú insististe en que eran solo un amigos, y por otro lado te ofrecí dos empleos.TÚ elegiste-recalcó Mason.

-Sabías desde el principio que, como es lógico, elegiría el que ganaba más.

-Más bien capté que eras un crápula, un mentiroso. ¡No dudaste un minuto en dejar a "tu amigo" Y según creo te mudaste con otra persona hace poco tiempo.

-No significa nada. Amo a Jake y lo llevaré conmigo.

-¿Llevaras también a su madre y a la panadería que tanto ama? Reconócelo, nunca iría contigo.

-Eso lo veremos. Hablaré con él y lo convenceré de que yo soy su verdadero amor.Y tú….un farsante.

-Ya te escuché, ahora vete de mi casa o llamaré al novecientos once .No quiero que te encuentres aquí cuando Jaki llegue.

-¿Tienes miedo?-preguntó Fabián desafiante.

-Confió en su amor, pero no en ti.

- Esto no termina aquí. Prepárate, estoy dispuesto a todo para evitar ese matrimonio.

-¿Cómo supiste de...nuestra boda?

-Escuché conversar a Paul el día que le pediste que fuera tu testigo. Llegaba para conversar sobre un tema laboral y tenía la puerta entreabierta. No lo culpes, ni siquiera sabe que estoy aquí.

-Lamento mucho todo lo sucedido, pero me enamoré de Jake desde que lo conocí-confesó Mason.E insisto, tú jamás dijiste que era tu novio.

-Reconozco que mi conducta no fue acertada, el miedo de que fueras homofóbico y que al ser Gay no me tomaras en serio   me nubló. Y luego ese empleo…Pero puedes estar seguro de que no me iré sin conversar con Jake. Adiós, muy pronto, sabrás de mí-se retiró Fabián dando un portazo.

-¡Maldito hijo de puta! Esto no puede estar pasando-sollozó cayendo furioso sobre una silla de la cocina.

-¿No hay nadie en esta casa?-gritó Jake asomando la cabeza en el apartamento media hora después. ¡Vaya que elegante !-silbó observando a su novio.

-Al lado tuyo soy un sapo-respondió Mason atrayendo al joven con fuerza hacia su cuerpo. ¡Te amo tanto!

-Estás pálido, ¿ocurre algo?

-Nada, estoy emocionado por la boda. Tomo mi chaqueta y nos vamos de una buena vez.

-Está bien. No es bueno hacer esperar al anfitrión –sonrió sin imaginar el temor que aquejaba a su novio.

Los hombres caminaban tomados de la mano hacia el estacionamiento del edificio, sin tener idea, de que muy cerca de allí, un disgustado Fabián los seguía con la mirada.

-Podría aparecer ahora y acusar a Mason, pero estoy seguro de que Jake no me creería.Más bien diría que estoy despechado porque reconstruyó su vida. Debo actuar con inteligencia, regresaré a mi Hotel y lo llamaré desde allí. Estoy seguro de que está encandilado por el dinero de Mason.Pero siempre estuvo enamorado de mí, aunque sea le pediré perdón de rodillas -rugió Fabián subiendo a un taxi. Hotel New Klee-ordenó apenas ubicarse en el asiento del pasajero.

-Insisto en que estás raro-comentaba Jake en ese momento.

-Ideas tuyas, querido. No me sucede nada.

-Si tú lo dices –asintió poco convencido.

-Allí está la casa ,es esa de la esquina.

-Es muy antigua-acotó Jake contemplando la añeja mansión que ocupaba toda una esquina.

- Una reliquia familiar. En la cuadra que da a la Avenida Brasil tiene el salón de belleza.

-Bien aprovechada entonces-sonrió Jake admirando el extenso jardín.

-Ya lo creo-sonrió tocando timbre en la decorada puerta de madera.

-Al fin, queridos-exclamó efusivamente el hombre de mediana edad al verlos. ¡Hace rato que los espero!

-Recién son las veintiuna-comentó Mason mostrándole su reloj.

-Pero la ansiedad me mataba. Y sin duda, tu prometido es tan bello como me dijiste. Un gusto, Soy Eduardo Role, uno de los mejores Coiffeurs del país-saludó el hombre con entusiasmo.

-Jake Pierce. Encantado de conocerte.

-Con razón, descendiente de franceses-aplaudió con entusiasmo. Mi amigo tiene buen gusto. Y ese cabello tan delicado, es un castaño medio rojizo. Seguro que con unos reflejos dorados quedarán maravillosos para el día de la boda.

-Eduardo, por favor, no lo atosigues-rezongó Mason.

-Perdón, querido-sonrió a Jake tomándolo de un brazo .Vengan por aquí, les presentaré a Marcelino.

-Joaquín –saludó un joven acercándose lentamente .Y no te molestes, de cualquier manera ya me voy.

-Te llamo en unos días-lo besó el Coiffeur.

-Cuando gustes, pero te agradezco que me entregues lo que acordamos.

-¡Pero qué olvidadizo! Tengo el préstamo en mi cartera. Pónganse cómodos que ya regreso – indicó a sus amigos.

-De acuerdo-suspiró Mason ubicándose junto a su novio en un amplio sofá.

-Ya estoy aquí, había olvidado el dinero que me pidió mi amigo.

-No precisas fingir con nosotros, amigo-acotó Mason con tristeza. Imagino sería otro de tus chicos. ¿Cuándo conseguirás algo en serio?

-Lo tuve y se fue demasiado pronto. Ya no quiero más nada, el amor es sufrimiento. Y ya no tengo edad para eso, prefiero algo rápido, que se arregle con un simple préstamo. Pero dejemos este engorroso tema, háblenme de ustedes antes de pasar al comedor-comentó recobrando el tono jocoso.

-De acuerdo-asintió Mason.Pero creo que ya te narré nuestra historia con lujo de detalles.

-¿Ah, sí? ¡Uno se vuelve muy olvidadizo a esta edad!-agregó guiñando un ojo a Jake.

El anfitrión discutía con Mason acaloramiento de la política local cuando Jake tosió varias veces.

-¿Te sucede algo, querido?-preguntó Eduardo comprendido la indirecta. Creo que tu novio y yo nos enfrascamos demasiado en nuestra conversación.

-Quizá quieres regresar a casa-agregó Mason solícito.

-Nada de eso. Necesitaría pasar al baño.

-Etelvina te llevará-asintió a su mucama .ETELVINA!-exclamó.

-No te preocupes, indícame el lugar   y puedo ir solo.

-Oh, no .En seguida estará aquí. Seguro mi querida amiga se encuentra escuchando detrás de la puerta, pero deba disimular.

-Aquí estoy –afirmó la mujer como si ignorar a que habían estado hablando de ella. Lleva a nuestro invitado al baño de arriba, así dejas por un rato de escuchar la vida de los demás.

-Estaba limpiando, Señor. Por aquí joven-asintió avergonzada.

-Y mientras tu novio hace sus necesidades fisiológicas, aprovecharás para contar a tu viejo amigo el motivo de tu extraña seriedad.

-Nada-tosió Mason.

-Por favor, hace muchos años que nos conocemos. Sabes que no puede engañarme.

-Está bien, tú ganas-gimió Mason resumiendo a Eduardo acerca de la visita de Fabián.

Jake se lava las manos justo bajo la banderola del baño, sobresaltándose al escuchar la quejosa voz de su prometido.

-Parece que siguen discutiendo.Esperaré un poco para regresar -susurró pensando en recorrer el fondo.

-¿Entonces ese atrevido de Fabián fue a tu casa increparte que le habías robado a Jake?-oyó justo que abría la puerta del toilette.

-Sí, me acusa que lo incentivé a irse. Yo le ofrecí dos empleos, él eligió partir para Buenos Aires...Claro que a mí me beneficiaba porque estaba seguro de que al dejarme la cancha libre, lograría conquistar a Jake.

-En el amor todo vale, pero debes decirle a tu novio sobre la llegada de Fabián .Jake tiene derecho a elegir.

-Claro que no le diré. ¿Qué hago si me deja?

-Entonces nunca fue tuyo. Será peor si se entera por el tipo, con seguridad va a esperar el mejor momento para cumplir su amenaza.

-Lo siento pero no lo haré-afirmo con dureza.

-Como gustes-asintió Eduardo. ¿Dónde se queda el tipo?

-Estará hasta el lunes en el Hotel Nuevo Lee, en dieciocho de Julio-comentó refiriéndose a la principal arteria montevideana. Pidió libre a Paul, y este sin saber que se traía entre manos, le concedió varios días.

-Debes avisarle lo sucedido, así sabe qué clase de empleado tiene -afirmó Eduardo.

-Pensar que yo mismo le supliqué que lo tomara-comentó Mason como para sí mismo. ¡Incluso le pagué el alquiler y el sueldo varias meses para alejarlo de Jake!

-¡Dios mío!-exclamó Eduardo. Realmente te volviste loco por tu novio. ¿Y Jake está al tanto de esto que me has contado?

-Le comenté por arriba, pero no todo. Creí que ese maldito no volvería nunca más. Pero me equivoqué.

-Ya lo creo, amigo. Ya lo creo –silbó Eduardo.

-Fabián estuvo en lo de Mason y no iba a decirme nada. E hizo hasta lo imposible por borrarlo de mi vida, ¡Qué disparate! –susurró Jake dirigiéndose al vestidor para tomar su chaqueta.

-¿Tiene frio, Señor?-preguntó Etelvina al verlo ponerse el saco.

 -No, recordé que tengo algo urgente que hacer. Con permiso-titubeó corriendo hacia la puerta de la cocina.

-Extraño-pensó la mujer al ver que el invitado subía al primer taxi que pasaba. Avisaré al Señor.

- Jake está demorando mucho-comentó en ese momento Mason.Tal vez la comida le cayó mal.

-Lamento molestar, Señor. Quisiera hacerles un comentario urgente-susurró la mujer con suavidad.

-Ahora estamos ocupados-refunfuñó Eduardo.

-Es que se trata del invitado-insistió Etelvina pacientemente.

-¿Qué sucede con Jake?-preguntó Mason parándose bruscamente.

-Salió apurado por la puerta del fondo y se fue en un taxi.

-No puede ser, debe haber mirado mal-acotó el hombre.

-Tengo muy buena vista.-refunfuñó la ofendida mujer.

-Creo que comprendo lo que ocurrió. Déjame ver una cosa-salió Eduardo hacia el baño ante la confundida mirada de Mason.

-¿A dónde vas ahora?-tartamudeó.

-A comprobar una cosa, si eso que pienso, imagino hacia donde fue tu novio. Sígueme.

-Ahora sí te has vuelto loco-obedeció Mason.

-Efectivamente, la banderola se encuentra abierta y escuchó todo. Esta ubicada encima de esta sala y tiene un tubo de aire que da justo allí-susurró señalando una pequeña rejilla dorada incrustada en la pared.

-Entonces se fue a buscarlo-sollozó Mason desesperado. ¿Qué hago ahora?

-Esperar. Tal vez sea mejor así-susurró acariciando espalda de su amigo que lloraba desconsoladamente. Estoy seguro de que regresará y ya no habrá fantasmas en tu futuro.

-¿Y si no regresa?-incitó Mason

-No nos apresuremos. Seguro se encuentra muy enojado y confundido. Volvamos al living-acotó el dueño de casa.

Jaque se detuvo en la puerta del Hotel Lee y por un segundo dudó de su decisión.

-Debo hacerlo .No pudo casarme sin estar seguro de mis sentimientos. Y mucho menos, sin escuchar a una persona que fue tan importante en mi vida. Pero son casi las doce, caminaré un rato para aclarar mis ideas y regresaré a una hora acorde-resolvió dispuesto a deambular por la céntrica avenida.

Mason esperó un rato y finalmente marchó a su casa... Había intentado comunicarse con Jake varias veces, pero tal como temía, el celular estaba apagado.

-El pobre Eduardo quedó disgustado, quería que me quedara a dormir en su casa a toda costa. Pero necesito estar aquí, quizá Jake comprenda que todo lo hice por su bien y regrese rápidamente-dudó el hombre. Me merezco lo que me ocurre, por todas los desplantes que hice en mi vida-suspiró observando como las nubes iban cubriendo el estrellado cielo.

Mason pasó el domingo sentado frente al televisor rumiando su soledad. El día estaba muy frío y desde temprano, se había percibido una molesta neblina que apenas daban ganas de salir de casa.

-Ya son las diecinueve, y ni noticias de Jake.Seguro está con él. En un rato me daré un baño de espuma para tranquilizarme y me acostaré-suspiró observando la hora.Debo estar preparado, muy pronto llamará y vendrá buscar a la ropa que dejó en casa , así que debo estar preparado. ¡Ni siquiera llegamos a desempacar!-gimió angustiado.

Ignorando la modorra que lo detenía, Mason se levantó a preparar su moderna bañera, resuelto a pasar un tranquilo rato inmerso en la calidez del agua.

-Buscaré mis auriculares, un poco de música servirá para distraerme -recordó Mason antes de meterse en la tina. Ahora sí-suspiró apoyando su cabeza contra el borde de la bañera y cerrar los ojos, dejándose llevar por las suaves melodías de los ochenta.

Estaba medio dormido, cuando sintió que unas fuertes manos lo sacudían.

-¿Qué sucede?-titubeó Mason sorprendido.

¡Jake! –exclamó pensando que estaba frente a una visión.

-Sip-sonrió este sentándose en el borde de la bañera. ¿Acaso esperabas a otra persona?

-Sabes que no.Pensé que estabas con Fabián- explicó pensando si habría regresado a recoger sus pertenencias.

-Lo fui a buscar y tuvimos una larga conversación, ya no volverá a entrometerse en nuestra relación.

-¿"Nuestra" dijiste?-tartamudeó Mason.

 -Claro, por si lo olvidaste vamos a casarnos- sonrió Jake.

- Imaginé que te irías con él. Cuando comprendí que habías escuchado la conversación por la banderola del baño creí que lo habías elegido.

-La furia, el dolor y la incertidumbre me hicieron dudar sobre mis sentimientos. Pero una breve conversación con Fabián alcanzó para darme cuenta cuanto te amaba. No apruebo tus métodos, pero si te comprometes a ser siempre sincero conmigo podríamos continuar con nuestros planes.

-Perdona. Sé que no es disculpa, pero como te dije tantas veces, me enamoré de ti apenas verte el día en que fueron juntos a mi oficina. Y supe que él no te amaba lo suficiente. A partir de allí me negué a perderte.

-Quiero siempre la verdad, por más dolorosa que sea-rogó Jake

-Te lo prometo-asintió un esperanzado Mason.Si te quedas conmigo, jamás volveré a mentirte.

-Necesito creerte porque te amo demasiado, y estoy seguro de que nos merecemos una oportunidad -sonrió Jake comenzando a desvestirse.

-¿Qué estás haciendo?-preguntó Jake confundido.

-Tengo mucho frío. Y estoy pensado que un baño caliente con el hombre que amo me lo quitará. Si hay lugar, claro.

-Ven aquí, te lo ruego-suplicó Mason estirando los brazos.

-Ralamente precisaba este calor-musitó Jake mezclándose entre las piernas de su amado.

-El agua se ha enfriado, pondré más caliente-comentó Mason levantando un brazo hacia la canilla.

-Me refería a ti, tonto-sonrió con picardía arrastrando a su amado hasta convertirse en una sola piel. ¡Ven aquí!

Una vez en la cama, Mason cubrió a su prometido con la manta y se dispuso a enviar un WhatsApp a Eduardo para tranquilizarlo.

El hombre caminaba como si estuviera en una nube, Jake se había entregado con una fuerza inusitada, haciéndole sentir que nunca había sido tan suyo como ese momento.

-Ahora estoy seguro de que todo funcionará. No hay sombras en nuestro futuro. Creo que las mentiras que yo mismo inventé para conquistarlo me hacían temer que Jake me abandonara, ahora todo eso quedó atrás-suspiró satisfecho.

Estaba por enviar la misiva, justo cuando noto un nuevo WhatsApp en su teléfono.

-¿Y esto? No reconozco al número -murmuró disponiéndose a leer el mensaje.

-*"Cuida bien a Jaki, porque no imaginas el dolor que se siente saber que ya no lo tienes . Es una pieza única e insustituible. Tuve que perderlo para darme cuenta de que es mi vida. No te distraigas, cuida ese amor con tu vida"*

-No tiene nombre, pero sé a quién corresponde. Y no creo que precise responderle-suspiró. Enviaré un breve mensaje a Eduardo y regresaré a la cama donde me espera el hombre que amo, y que ahora estoy seguro, también lo hace -resopló mirando dormir a Jake plácidamente.

Una vez cumplida su misión, apoyó el celular en la mesa del living y se acurrucó junto a su prometido entre las acogedoras mantas.

-¿Dónde estabas?-preguntó Jake entre dormido.

-Avisé a Eduardo que todo estaba en orden. Y que tenía al amor esperando en el lecho-sonrió apretando al joven contra su cuerpo.

-*"Mañana comentaré a Jake sobre la despedida de Fabián. No más mentiras entre nosotros"* – recordó cerrando los ojos mientras iba quedando profundamente dormido.

«El mejor de los pecados, el haberte conocido.
Tú no eres sin mí, yo solo soy contigo.»
Fito & Fitipaldis

Capítulo V

La enamorada pareja contrajo matrimonio exactamente cinco años después de que en Uruguay se aprobara el matrimonio igualitario. Los invitados aplaudieron a rabiar el emocionante momento del sí junto al seguido beso de los novios.

-Te amo demasiado-susurró Mason corriendo el arroz que le escurría por los ojos. Jamás pensé que esto podrá ocurrirme.

-Gracias –susurró Jake como única respuesta sin soltarse de los brazos de su esposo.

-¿Por?-preguntó Mason.

-Por no desistir en buscarme y darme todo aquello que jamás imaginé posible.

-Y esto recién va a comenzar –exclamó Mason.Ahora será mejor ir al salón, o nuestros invitados comenzarán a gritar de hambre. Por otro lado, no respondo de lo que pueda pasar si continuas enviándome esas lujuriosas miradas.

-Tienes razón-sonrió Jake.Vamos.

Los novios habían decidido celebrar una pequeña recepción en un vieja casona ubicada a pocas cuadras de la Oficina del registro Civil ubicada en la parte antigua de Montevideo. Casi todas las personas invitadas estaban presentes, incluyendo la madre de Jake junto a un enfermero del Residencial, ya que el joven había insistido en que la trajeran.

-Saquémonos una foto con mamá ya que todavía puede reconocernos. En poco tiempo más olvidará hasta el motivo por el cual está aquí-susurró Jake a su esposo que se hallaba conversando con un viejo amigo.

-Por supuesto .Perdona un minuto-rogó al hombre.

-Ve tranquilo .Maravillosa reunión-comentó a Jake dejándolos solos.

-Llévame con tu mamá-acotó tomando la mano de su marido.

-Mamá, te acuerdas de Mason,¿verdad?

-¡Claro! –exclamó la mujer. Creo No podría olvidar al hombre con el que acabas de casarte.

-Así es, Señora. Y me alegra haya podido venir.

-También yo. Y se lo debo a este generoso joven que aceptó acompañarme –comentó sonriendo al enfermero. Y como siempre a mi querida amiga Moira, que fue buscarnos algo de beber.

-Nos sacamos una foto y rezongaré al mozo por su ineficiencia, ustedes son invitados de lujo. Y no quiero que critiquen nuestra fiesta con otras personas diciendo que no había nada de comer -comentó Mason fingiendo enojo.

-Eso no pasará-carcajeó la mujer arreglándose el cabello para la fotografía junto su hijo y yerno. Eduardo conversaba con varios amigos cuando sintió que alguien lo observaba. Asombrado, comenzó a recorrer el salón con la mirada hasta detenerse sobre un elegante hombre de cabello plateado que le sonreía.

Al notar que el Coiffeur lo había descubierto, levantó misteriosamente una copa como si estuviera brindando en la lejanía. Sin pensar, Eduardo hizo lo mismo, y en el momento que iba a retomar la conversación sintió que una profunda voz lo saludaba.

-Buenos días. Soy Mateo Urón.Un gusto conocerte.

-Eduardo Role. El gusto es mío-respondió este con timidez.

-Te estuve contemplando desde que llegaste-sonrió Mateo. Pero no sabía si estabas acompañado.

-En realidad vine con un conocido, pero ya se fue. Detesta las fiestas-comentó refiriendo al jovencito con el que había pasado la noche. No recuerdo haberte visto antes, ¿eres amigo de Jake?

-Soy un primo lejano, o más bien primo de su padre. Hace mucho tiempo que no nos vemos. Ni siquiera imaginé que me invitaría. ¿Y tú?

-Soy el mejor amigo del novio y su peluquero preferido. En realidad, nuestra amistad comenzó hace veinte años, con el primer corte de pelo-río Eduardo sintiendo que las mariposas revoloteaban en el estómago.

-Me alegra haber aceptado la invitación-confesó Mateo. Estuve tentado a no venir, pero algo me atrajo hasta aquí.

-Quizá ver a tu prima –arriesgó Eduardo.

-Voy al residencial algunas veces-suspiró el hombre. ¿Crees en el destino, Eduardo?

-No lo sé-afirmó. Tal vez ahora comience-sonrió.

-Me encantó tu respuesta-asintió con un brillo especial en los ojos.

 -¿Y tú a que te dedicas?-tosió Eduardo.

-Es una explicación larga, que podríamos continuar en otro lugar. Pensaba si podría invitarte a cenar.

-No lo sé yo-respondió recordando al jovencito con el cual saldría esa noche. ¡Me gusta la idea!-asintió de pronto robándole una sonrisa al atractivo hombre.

-Excelente. Brindemos por este inesperado encuentro -agregó llenando la copa del hombre con una especie de licor que estaba en una mesa cercana.

-Solo un poco, ya tomé suficiente-susurró Eduardo emocionado. No quiero estropear a la fiesta.

-Oh, yo te llevaré a tu casa. Una buena excusa para saber dónde vives.

-Mason-susurró Jake al ver a su primo conversando con Eduardo. Tal vez haya otra boda próximamente.

-Lo dudo, a Eduardo no le gustan los hombre grandes. Aunque debo reconocer que parece muy entusiasmado. Pero con él, nunca se sabe-sonrió besando suavemente a su esposo.

-El primo Mateo es muy convincente. Su empleo se lo exige.

-¿A qué se dedica?-preguntó Mason con curiosidad.

-Es algo así como Director del Departamento de Policía Científica, él suele decir Detective, porque esos fueron sus comienzos. Pero hace mucho más que investigaciones

-Bien, dejemos de espiar a los invitados y comencemos nuestra luna de miel en el Hotel donde reservé una habitación. Y luego partiremos una semana a Buenos Aires.

-Genial, saludaré a mamá y a Moira. ¡Ardo en deseos de vista todos esos acuarios que me prometiste!

-Imaginé que estarías deseoso por vivir nuestra primera noche como matrimonio-carcajeó Masón resulta que solo ansias visitar a unos míseros peces.

-No lo tomes así, quise decir…

-Pudimos ir Europa, y preferiste ese viaje tan simple-bromeó Mason.

-No puedo abandonar a mamá y a la panadería. Pero contigo, nada es humilde, cualquier lado es maravilloso.

-Sabes cómo convencerme. Saluda a tu gente y mientras aprovecharé a despedirme de Eduardo y Paul. No más de quince minutos.

-De acuerdo-sonrió el joven besando fugazmente a su esposo.

Rato después, la pareja ingresaba en la lujosa habitación del Hotel "Mistral"

-Que belleza –silbó Jake.

-Para ti, nada es demasiado. Quiero, y puedo ponerte el mundo a tus pies .Espero que me dejes.

-¿Cunetas veces debo decirte que lo único que deseo tener a mis pies es tu corazón?

-Ya lo tienes, querido-sonrió este con voz gangosa.

-Y tú el mío-asintió el joven.

-Ve a sacarte esta incómoda ropa mientras completo de agua tibia la bañera, será bueno darnos un baño de inmersión antes de acostarnos.

 -Creo que me pondrá muy mañoso con tantas atenciones. Voy enseguida-sonrió

Jake entró al baño y sonrió al ver a su esposo recostado con los ojos cerrados en la enorme tina. La habitación estaba iluminada tenuemente con un farol, y algunos pétalos de rosa flotaban sobre el agua.

-Aquí estoy-dijo amablemente.

-Sácate esa tolla y entra de una vez. Estoy deseando acariciar esa blanca piel con esta esponja marina. ¿Te das cuenta? ¡Eres como un pez! –carcajeó Mason.

-Está bien, cierra los ojos-titubeó Jake.

-Vaya, parece que recién nos hubiéramos conocido-carcajeó Mason.No te enojes, haré como quieres.

El joven sonrío, y tras entrar en la bañera recostó su cuerpo contra las piernas de su marido apoyándose contra su pecho, quien rápidamente envolvió las manos contra el torso de Jake.

-No quiero que te arrepientas y huyas de mi lado -bromeó esta con la voz jadeante de deseo.

-Nunca –respondió Jake , mientras su esposo comenzaba a recorrer la espalda del joven con la suave esponja.

Esa noche, Eduardo y Mateo saboreaban unas pizas conversando como si se conocieran de toda la vida.

-Nunca imaginé que Mason cayera tan perdidamente enamorado. Del grupo de amistades que formamos, era el último que imaginé que se casara-explicaba el Coiffeur por tercera vez.

-Se trata de dar con la persona adecuada-sugirió Mateo. Y a veces demora.

-Debo pensar que tú eres soltero-comentó Eduardo. Me extraña que no te hayas enamorado.

-¿Y quién dice que no? –acusó este.

-Perdona, pensé que estabas solo-exclamó Eduardo repentinamente molesto.

-Y lo estoy. Me enamoré de un compañero muchos años, y pese que ternaria mis días con él-susurro cortando sorpresivamente.

-¿Qué sucedió?

-Falleció en una peligrosa misión, era un oficial muy comprometido y arriesgado. Demasiado para mi gusto.

-Lo siento mucho, ¿aún lo amas?

-Cómo te dije, han trascurrido muchos años. Tengo gratos recuerdos de nuestra vida juntos, y jamás lo olvidaré. Pero ahora, me di cuenta que necesito una persona que camine a mi lado. En los momentos buenos, y en los malos.

-¿Cuándo te diste cuenta de esa necesidad?

-En el momento que llegué a la boda de mi primo y te vi sonreir.Comprendí que hoy, a los casi sesenta años, mi corazón seguía vivo.

-Mateo, todo esto es muy sorpresivo-susurró Eduardo.

-Lo sé, y te pido que lo pienses. En pocas horas debo partir para el interior y si me permites te llamaré apenas vuelva. Regreso el fin de semana, y quizá si lo deseas, podríamos continuar…conociéndonos.

-Creo que me gustaría. Sin compromisos, también yo he pasado una vida muy solitaria.

-De acuerdo. Y ahora debo llevarte a tu casa, tengo que preparar mi maleta.

-Está bien-asintió Eduardo sacando su billetera.

-Yo invito, la próxima es tuya.

-Como gustes -asintió sin insistir.

Mateo detuvo el auto en la puerta de la casa de Eduardo y sin peguntar tomo el rostro del hombre entre sus brazos y lo besó con pasión.

-Lo siento, no debía hacerlo-se disculpó.

-Puede ser, pero me gustó. Y no somos precisamente chiquilines, fue solo un beso-sonrió abriendo la puerta del vehículo. Me gustas, Mateo, y si cuando regresas sigue pensando de la misma forma, tal vez….podríamos intentarlo.

-Por supuesto que lo haré. Nos vemos la próxima semana -acotó el hombre guiñando un ojo. Como bien dijiste, no somos jovencitos para perder el tiempo.

-Y me explicarás más detalladamente cuál es tu ocupación, que haces realmente en la Policía.

-Lo que quieras –carcajeó Mateo sorprendido por el repentino interés del hombre.

Eduardo esperó hasta que el hombre se perdió por la tranquila calle y comenzó caminar hasta la entrada de su jardín.

-No puedo creerlo, es la primera vez que me interesa un hombre mayor-reconoció aturdido por un cercano carraspeo.

-Hace rato que te espero-rezongó un delgado joven repleto de tatuajes.

 -Perdona, te gratificaré por la demora -sonrió admirando al molesto muchacho.

-Perfecto-asintió este sonriendo abiertamente.

-Te daré el dinero ahora, estoy cansado y solo deseo acostarme. Perdona.

-Pero creí que te gustaba –susurró este haciendo un caprichoso gesto.

-Y es verdad, pero de pronto me pareces muy joven –asintió sacando unos cuantos billetes de su bolsillo... Aquí tienes, creo que es suficiente.

-Uf, ya lo creo-exclamó con los ojos casi fuera de sus órbitas al ver la importante suma.

-Bien, ve a divertirte con jóvenes de tu edad. La noche es joven aún –exclamó dejando al joven estupefacto. Cuando salgas cierra el portón.

-¿Estás seguro? Pese a que eres mayor me gustas, Eduardo.

-Adiós-hizo un gesto con la mano sin mirar atrás. *"Debo estar envejeciendo, de pronto ese chico dejó de interesarme. O más bien estoy madurando*-suspiró abriendo la puerta de la casa.

Faltaba media hora para cerrar, cuando Eduardo escucha una familiar voz flotando por el salón.

-Buena tardes, quisiera cortarme el pelo.

-Lo siento, Señor. Tiene que pedir turno, si quiere le doy para mañana –respondió la recepcionista.

-Pero salí especialmente de mi trabajo para cortarme con Eduardo. No puede hacerme esto.

-Ya le expliqué .Además el Señor Role ha finalizado por hoy. Cerramos dentro de treinta minutos.

 -No te preocupes, querida. Yo lo atenderé-comentó acercándose al recién llegado.

-Gracias, Señor, le estaba explicando que precisa pedir hora para atenderse.

-Es un querido amigo. Puedes retirarte-sonrió sintiendo los brazos del hombre sobre su cintura.

-Quizá el corte pueda esperar, si deseas tengo una idea mejor -susurró Eduardo.

-Tú eres el especialista, me pongo en tus manos- asintió besándolo mientras las peluqueras no podían creer lo que estaba sucediendo.

Además, me gusta esa melena plateada .Te da "clase"

-Todo dicho, corte suspendido hasta nuevo aviso –sonrió Mateo sin hacer ni un ademán de soltarlo.

«Si quieres las estrellas, vuelco el cielo. No hay sueños imposibles ni tan lejos.»
Rosana.

Capítulo VI

La madre de Jake falleció sorpresivamente apenas un año después de la boda, sumiendo al joven en una profunda tristeza. De nada valían las palabras de consuelo de su esposo, ni de sus allegados más íntimos para sacarlo de esa profunda depresión que lo invadía.

-Nunca imaginé que lo afectara tanto-comentó Mason en una rápida conversación telefónica sostenida con Moira.

-Fueron muy unidos luego de la muerte de su padre-explicaba esta. Deberás tener paciencia.

-Por supuesto. Pensaba que finalmente podríamos realizar la excursión a Europa que tenía planificada para nuestra luna de miel. En parte la postergamos, porque Jake se negó rotundamente a dejar a su mamá. Ahora que ella no está, quizá acepte, y de paso le servirá como distracción.

-Pienso que le haría bien, pero nunca amó demasiado viajar-recordó la mujer.

-Intentaré convencerlo-agregó Mason.

-Buena suerte, querido-acotó a la mujer cálidamente.

-Si es como dices, la precisaré. A veces mi Jake es muy caprichoso-suspiró el hombre finalizando la conversación.

Tal como su amiga había sugerido, Jake no quiso saber nada de hacer un viaje tan largo hasta sentirse mejor.

-Arruinaré el paseo-explicó. Gastarás dinero y no lo aprovecharé, me siento muy deprimido con la muerte de mamá

-Entonces tal vez te guste ir a Cabo Polonio
(balneario ubicado en el departamento de
Rocha, aproximadamente a doscientos treinta
kilómetros de Montevideo) con Eduardo y
Mateo. Creo que pasas muy bien con ellos.
-Es una buena idea. Es cierto lo que dices,
ambos se han transformado o en grandes
amigos. Incluso mi primo Mateo, con quien
hacía tiempo no tenía contacto. Fue un gesto
muy amable venir a nuestra boda.
-De acuerdo, les avisaré antes de que te
arrepientas –bromeó Mason dichoso de que su
esposo hubiera aceptado el paseo.
Los cuatro hombres disfrutaron mucho esos
cinco días juntos. La cabaña a ubicada a pocos
metros del océano, tenía un aspecto
rudimentario y salvaje, muy diferente a la de
forma de vida a la cual estaban acostumbrados.
-¡Qué lugar tan maravilloso!-exclamaba Jake
cada vez que podía. Me alegra de que me hayas
convencido de venir.

-Estaba pensando en que podríamos quedarnos unos días más, los dos solos-comentó Mason la noche anterior a la partida alentado por la alegría de Jake.

-Pero quizá la casa está reservada-acotó este observando desde el balcón del dormitorio las límpidas olas marinas.

-Ya le pregunté a la dueña si podíamos quedarnos, por si te gustaba mi idea. –sonrió este con picardía.

-Eres muy travieso, querido-asintió el joven. Y si ya preguntaste, no podemos defraudarla – exclamo trinadlo con fuerza sobre la cama. Correremos sobre las dunas desiertas y….nos amaremos frente al mar durante toda la noche.

-Excelente –susurró Mason besando con pasión a su esposo. ¿Qué tal si vamos practicando?-sugirió sintiendo que su cuerpo ardía de pasión.

-Veo que la placidez del lugar te ha iluminado-asintió sacándose la remera. Otra buena sugerencia-sonrió Jake abiertamente.

Eduardo se despidió de Mason, y enseguida se acercó a Jake.

-Sabe que te he adquirid un gran cariño, y espero que te cases con mi primo pases afirmar parte de la familia-susurró este abrazándolo.

-También te quiero mucho, querido- comentó el hombre sin soltarlo. Pero no quiero demostrarlos delante de Mason, conoce muy bien mi predilección por los hombres jóvenes y bonitos. Podría pensar mal, sabes que es muy celoso.

-Pero eso acabó, además soy como un hermano para ti.

-Es verdad-sonrió este enigmáticamente. ¡Nos vemos pronto!-susurro besándole la mejilla con fuerza ignorando los ritos de Mateo avisando que se estaba haciendo muy tarde.

-Entonces nos quedaremos hasta mañana – sonrió guiñando un ojo a Jake.

-Oh, no-gruñó Mason. Vete de una vez, quiero pasar algunos día de paz con mi esposo.

-¿Olvidas quien consiguió esta casa, vivillo?-lo codeó suavemente antes de seguir a Mateo que lo esperaba en un coche de alquiler que lo llevaría hasta la ruta.

¡Al fin solos!-exclamó Mason en cuanto vio que el coche se perdía entre la arena y el azul cielo.

-Los extrañaré-agregó Jake con nostalgia.

-No te daré tiempo .Ven aquí-exclamo arrastrándolo hacia la cabaña. ¡Tenemos muchas cosas que hacer!

-Mason Tur, ¡eres un pervertido!-exclamó el joven carcajeando con fuerza.

A pedido de Jake, la estadía se alargó un poco más, hasta que finalmente una semana después, la pareja comprendió que era hora de retomar la rutina diaria.

-Menos mal que somos nuestros propios jefes, o tendríamos que buscar run nuevo empleo-se burló Mason dichoso de comarcar a su marido.

-No recuerdo haber sido tan feliz desde que dejé la niñez-comentó Jake mientras ordenaban sus pertenencias para retornar su casa.

-Me alegra escucharte. Gracias por hacérmelo saber-susurró Mason emocionado.

Como todos los domingos, Masón se encontraba leyendo el periódico en su computadora cuando su esposo se sentó junto a él.

-Qué alegría verte por aquí tan temprano -sonrió el hombre comprobando que eran las ocho de la mañana. ¡Me encanta esa gran sonrisa que traes! Sin duda el viaje te hizo mucho bien.

-A mamá no le hubiera gustado verme pasar mal... Ya no puedo seguir mortificándolos a todos con mi amargura.

-Es comprensible, estás sufriendo, tu mamá era la única familia directa que tienes.

-Estás tú, que eres la persona que más amo en esta vida-sonrió Jake acariciando el rostro de su marido.

-También te adoro, pero me refería a tus vínculos de sangre.

-Es cierto-asintió Jake apoyando la cabeza en el hombro de su marido.

- Y ahora qué te veo mejor podríamos hacer algo interesante esta tarde.

-¿Cómo qué?-sugirió Jake levantando las cejas.

-Me gusta lo que insinúas, pero me refería a otros planes. Como invitarte a almorzar fuera.

-Acepto. ¿A qué restaurant te gustaría ir?

-Pensaba en Atlántida. Un sitio distinto y cerca de aquí. (Otro balneario importante a cuarenta y cinco kilómetros de Montevideo)Pegarnos un chapuzón y disfrutar esta bella tarde de verano.

-Acepto. Y podríamos quedarnos hasta mañana temprano, seguro habrá algún Hotel con disponibilidad.

-No se habla más, prepararemos un pequeño equipaje y nos vamos ya mismo-asintió Mason cerrando la notebook.

Finalmente, la pareja decido que el día era muy hermoso para dejar la playa, y decidieron almorzar unos sándwiches sentados bajos unos frondosos árboles de la rambla del concurrido balneario.

-Estaba pensando una cosa-comentó Jake sorpresivamente mirando jugar a unos niños a la pelota.

-Dime, querido.

-Hoy dijiste que éramos muy pocos en la familia.

-Fue solo un comentario.

-Pero es cierto, solo nosotros, dejando de lado a Eduardo y Mateo, y por supuesto a Moira.

-Así es -asintió Mason pensado hacia donde dirigiría la extraña conversación. ¿Qué estás intentado decirme?

-Iré al grano: Me gustará adoptar uno o dos niños. Hace tiempo que lo estaba pensando, y creo que cumplimos con todos los requisitos exigidos.

-¿Qué estás diciendo?-tosió Mason. ¿Acaso el amor que yo te brindo no es suficiente?

-Claro que sí, por eso creo que debemos tener niños. Para compartir ese amor tan profundo que nos tenemos.

-No sé, debo pensarlo. Me has tomado de sorpresa, y en verdad, no sé si estoy preparado para compartirte-refunfuñó el hombre.

-Comprendo, era solo una idea-sonrió Jake en el momento en que una pelota golpeaba su hombro.

-Disculpe, Señor-se disculpó un chiquillo.

-Está bien, no pasa nada-acotó el joven devolviéndosela de un puntapié.

-Te prometo pensarlo. Pero no demasiado pequeños, detestaría que nos interrumpieran por las noches-sonrió Mason con picardía al observar la ilusión de su esposa al conversar con el chico.

-Estoy de acuerdo-asintió este aplaudiendo. Ahora, ¿de qué estamos hablando?

-Ya ni recuerdo, los nervios me hicieron olvidar el dialogo-sonrió levantando los *hombros en señal de disculpa.*

-*"Tal vez no sea mala idea adoptar. Pese a que tenemos grandes afectos, no son nuestra familia directa. Averiguaré en el instituto de adopciones los detalles, y, quizá, en poco tiempo…seremos mucho más que dos*-pensó Mason contemplando jugar a varios chicos por la húmeda arena.

Jake no podía creer cuando su esposo lo llevó a conocer los dos niños que el Instituto había seleccionado para ellos. Stéfano y Rodrigo, de siete y once años respectivamente, habían sido abandonados por sus padres hacia unos años atrás, y hasta el momento nadie se había interesado en ellos.

-Generalmente los adoptantes se interesan por niños pequeños. Es difícil conseguir padres sustitutos a esta edad. Cuando su esposo se presentó con la solicitud, en seguida recordamos a estos chicos. Claro que todavía teníamos que conocerlo a usted. Por el bien de todos-finalizó la funcionaria mirando fijamente a Jake.

-Me encantan esos chicos. Ya los podemos llevar-asintió Jake sonriendo a su marido.

-No es tan fácil-carcajeó la mujer. Tienen que reunirse varias para ver si hay "feeling", y nosotros estudiar sus antecedentes. Hay un largo camino por delante antes de llegar a la adopción.

-Estoy listo-afirmó Jake tomando de la mano de Mason...Dígame qué debemos hacer.

-Por ahora, vengan por aquí-asintió la satisfecha mujer.

-Pensé que te habías olvidado del tema-comentó Jake una vez se acomodó en el auto.

¡No sabes lo emocionado que estoy! ¡Oh, querido-exclamó besando con fuerza la mejilla de su compañero.

-Jamás olvido tus palabras. Te amo-acordó como toda respuesta encendiendo el vehículo.

 -También yo, cada día más.

Jake se encontraba en la panadería en el momento que su teléfono comenzó a chillar.

-Ya voy-rezongó observando el desconocido número.

-Buenas tardes, ¿Estoy hablando con Jake Pierce?

-Así es-asintió este frunciendo el ceño.

-Soy Eda Mark, psicóloga de CADU,el Centro de Adopciones..Queríamos informarle que pueden pasar a firmar la documentación para llevar con ustedes a Stéfano y Rodrigo.

-¿Está sugiriendo qué…?-se atragantó Jake.

- Exacto. Los niños irán a prueba un tiempo, y si todo sale como pensamos – se les brindará la adopción definitiva.Deben saber que están muy contentos con ustedes.

-Y nosotros con ellos-exclamó Jake.Llamaré a mi esposo de inmediato y le avisaré cuando vamos a buscarlos . Pero puede estar segura de que no pasará de mañana.

-Perfecto-sonrió la mujer. Una vez me confirme, le avisaremos a los niños. No nos gusta ilusionarlos antes de tiempo.

-Comprendo, corto así lo llamo ya mismo.

- De acuerdo. Buenas tardes, Señor Pierce.

-Adiós-comentó este comenzando a discar el número de Mason.

-Hola, cariño-saludó preocupado por la llamada de su marido a esa hora ¿Sucede algo?

-¡Pues sí, tengo algo importante que decirte!-exclamó Jake apenas escuchar la voz de su esposo.

-Le pido un minuto-susurró el hombre al cliente que estaba atendiendo en ese momento. Es un asunto familiar urgente.

-Tómese su tiempo-accedió el hombre.

La pareja había decidió preparar una reunión íntima para presentar los chicos a la familia, que se había demostrado unánimemente entusiasmada con la adopción.

-Espero que alguno de los dos quiera ser Coiffeur.Me encantará tener a quien trasmitir todos mis secretos –sonrió Eduardo abrazando a su querido amigo.

-También pueden adoptar-indicó Mason.Hay muchos niños que precisan un hogar. Jamás lo hubiera pensado si Jake no insistía en el tema.

-Somos demasiado viejos. Además...

-¿Además?-preguntó Mason poniéndose alerta. Creí que lo de ustedes marchaba maravillosamente. Mateo ha manifestado su deseo por mudarse contigo en varias oportunidades.

-Veremos-asintió este. Ahora cuéntame de los chicos.

Jake había trabajado duro en preparar las habitaciones de los chicos, quienes manifestaron su deseo de quedarse en el mismo dormitorio.

-Siempre estuvimos juntos, ni en los peores momentos nos separamos -explicó Rodrigo que era quien llevaba la voz cantante. Preferiríamos seguir de la misma forma.

-Como gusten, queridos –aceptó Jake.Acomoden sus cosas como mejor les plazca-asintió este. En cuanto llegue Mason,traeremos la cama para aquí.

-Nosotros lo haremos, ¿verdad, Rodri?-sonrió Stefano buscando la aprobación de su hermano.

-Claro que sí.

-Bien, entonces prepararé algo para comer- asintió Jake.

-A propósito-tosió Rodrigo ¿Cómo quieren que los llamemos?

-Decídanlo ustedes, nosotros no queremos obligarlos a nada.

-Lo pensaremos. Y gracias.

-¿Por?-preguntó el hombre levantado las cejas.

-Por elegirnos-agregó Rodrigo con madurez poco común.

 -Oh, queridos Gracias-susurró Jake abrazándolos.

-¿A qué te refieres?-preguntó Rodrigo.

-Por aceptarnos-afirmó este rozando con delicadeza la nariz de cada uno.

Mason llegó de la oficina y se asombró por el silencio reinante.

-Quizá salieron a comer algunas cosas.Jake decido tomarse unos dais libres para como dar a los niños –reflexionó recorriendo el apartamento hasta llegar a una de las habitaciones asignados a su hijos y observarlos a los tres abrazados.

Silenciosamente,exhaló un largo suspiro, y pegó la vuelta, sintiendo algo parecido a una punzada de amor y celos.

-Querido, ven al abrazo colectivo-exclamó Jake sin moverse. Escuché tus pasos y te estábamos esperando.

-Sí, papá, ven aquí-acotó Stefano dejando a la vista su pícara sonrisa.

-Yo…está bien- se acercó el hombre contagiado por la calidez del momento.

El día de la fiesta llegó y Moira arribó seguida de Eduardo. Los niños recibieron encantados los reglaos que estos les trajeron, y disfrutaron contando la maravillosas recepción con que los habían esperado en la escuela.

-¿No viene Mateo?-preguntó Mason acercándose a su amigo.

-Está trabajando toda la semana-murmuró este cortante.

-Entiendo-agregó Mason sin realizar más comentarios.

-De acuerdo, las cosas no van del todo bien.Com ya sabes, quiere mudarse conmigo, y yo no estoy preparado todavía. A veces salgo con algún amigo, no significa nada, pero debería dejarlo si viviéramos juntos.

-Creí que eso había terminado-acotó Mason asombrado.

-Lo intento, pero todavía no lo consigo definitivamente. Es cierto que son muy pocas veces, pero cuando me deja muchos días solo no puedo evitarlo. Como ahora.

-Pero es su trabajo, antes de comprometerte, sabias que su cargo lo llevaría por todo el país. ¡Debiste pensarlo bien!-rezongó Mason.

-Lo entiendo, y trato de contenerme. Me crie hasta a los dieciocho años en un orfanato, supongo que tiene que ver. ¡No soporto sentirme abandonado! Debe ser por eso que jamás quise una pareja en serio.

-¡Son excusas para justificar tu actitud! Mis padres murieron cuando era niño y yo logré formar una familia.

-No todos somos perfectos como tú-afirmó Eduardo con acritud. Y te criaron tus tíos.

-Imagino que Mateo no lo sabe.

-Claro que no.Pero estoy decidido a cambiar, lo amo y no puedo arriesgarme a que me abandone. Incluso estoy realizando un tratamiento psicológico.

-Será una pena que perdieras a quien te ama tanto.

-Lo sé. Puedes estar seguro que estoy esforzándome al máximo.

-Habla con él, dile lo que sientes.- insistió Mason.

-Eso pensaba, en cuanto regrese le contaré sobre este problema .Pero ahora dime, ¿cómo va la paternidad?

-Bien, aunque a veces siento como que Jake me tuviera un poco abandonado. Pasa muchas horas con los chicos, sumado a su trabajo en la panadería muchas veces está agotado. Las noches ya no son lo que solían ser-suspiró nostálgico. Ya casi no me acompaña a las reuniones con socios o clientes importantes.

-Dale tiempo, deja los celos de lado y trata de integrarte más. Son los primeros días, ya lo verás...

-Espero que tengas razón-expresó Mason escuchando la voz de Stéfano llamándolo.

-Papá, ven para la foto familiar-gritó el chico quien sentía una profunda admiración por Mason.

-¿Has visto? Ese niño te adora –exclamó Eduardo.

-Tienes razón, vamos Y tú recuerda tu promesa.

 -Somos dos hombres locos. Y cumpliré mi palabra-asintió Eduardo.

El Coiffeur caminaba hacia su casa y se detuvo al contemplar varios chicos que conversaban en la puerta de un famoso boliche Gay de la zona .Los jóvenes lucían vaqueros muy ajustados, y camisetas descubierta, ignorando el viento nocturno.

-Tomaré un trago, no tengo ganas de llegar a mi solitaria casa. Una copa no me hará mal–decidió dirigiéndose directamente al mostrador del negocio

 Había decidido marcharse cuando un simpático joven se sentó a su lado.

-Hola, soy Dany, ¿buscas compañía?

-No, en realidad ya me iba-acotó Eduardo con firmeza.

-¿Qué apuro tienes? Invítame a un trago.

 -Tengo que irme-reiteró el muchacho.

-Entiendo, un hombre de tu edad no está para estos trotes. Aunque debo reconocer que todavía eres muy seductor. ¡Qué calor!-sopló desprendiéndose un botón de su remera.

-No soy tan mayor, mocoso. Y te demostraré lo que es un hombre de verdad. Busca un sitio alejado.

-Eso me gusta mucho-sonrió este. Hay una cabina libre en el fondo.

-Vamos -aceptó Eduardo sintiendo que la lujuria invadía su cuerpo.

Mateo recién había regresado de su misión cuando vio el número de su jefe en el celular.

-Maldición, justo que pensaba darle una sorpresa a Eduardo-suspiró resignado.

-Vayan a Paquetón, hay una entrega grande de mercancía y varios amigos que hace tiempo buscamos-ordenó el tipo.

-Acabo de llegar, y estoy yendo para casa -rezongó este sin mayores explicaciones.

-Será algo corto. Van refuerzos.

-De acuerdo, me debes una –suspiró este intentando comunicarse inútilmente con Eduardo. Es casi media noche, quizá está durmiendo-suspiro dirigiéndose al boliche.

Segundos después, un despliegue de policías de particular invadió el lugar, y Mateo dio orden de que cerraran todas las puertas del negocio.

-Lo siento mucho-gritó este mostrando su placa Están todos detenidos, debemos investigar el lugar.

-¡Es la policía!-gritó un chico histéricamente.

Sin percatarse de lo que sucedía a su alrededor, Eduardo estaba pensando la mejor forma de despachar al extraño.

-"Le daré algo de dinero y me iré. No puedo arriesgarme a perder a Mateo que por una locura pasajera."-pensó alejando al hombre con suavidad.Escuha, debemos conversar.

-Lo lamento, amigo, platicaremos en la comisaría. Soy policía-susurró el tipo sacando sus esposas.

-¿Qué dices? Debe ser una broma.

-Para nada–sonrío observando a Mateo que se dirigía hacia ellos. ¡Mira lo que tengo para ti!-bromeó. Pero parece inocente, solo busca un buen polvo.

-Puedes dárselo si te gusta-asintió el hombre reconociéndolo Creo que solo es un prostituto barato-agregó con frialdad.

-Sabes que los hombre no son lo mío-carcajeó el llamado Dany.

-Mateo, por favor, no es lo que piensas-sollozó el Coiffeur tomándolo de un brazo.

-Suelte, me das asco- lo increpó el Detective. Debo seguir trabajando.

-No puede ser lo que creo-palideció el Oficial atendiendo el escabroso dialogo entre los hombres. Tú eres su…

-Era su prometido, pero acabo de embarrarla.-Mateo, por favor, regresa-gimió Eduardo cayendo al suelo.

-Saquen a ese tipo de aquí, esta borracho-exclamo Mateo con firmeza.

-Llévenlo- ordenó otro policía empujándolo con un pie.

Eduardo salió a la vereda y comenzó a caminar sin sentido, horrorizado por lo que su conducta había originado.

-Soy un imbécil, un verdadero idiota-gimió intentando cruzar la calle sin notar al vehículo que venía a toda velocidad hacia él.

-Señor, cuidado-alcanzó a escuchar antes de sentir el impacto que lo tiraría contra el cordón de la vereda.

-¡Una ambulancia!-fue lo último que el hombre escuchó antes de perderse en una profunda oscuridad.

Eduardo abrió los ojos y los volvió a cerrar al encontrar a Mason sentado a su lado

-La cagué.

-Lo sé, Mateo me llamó e informó lo sucedido. Por suerte solo fueron rasguños, en cuanto te den de alta, te llevaré a tu casa.

-Gracias. Regresa con los tuyos, puedo solo.

-Somos amigos. Y Jake está con los chicos-comentó con ironía.

-Con permiso-entró el hombre de túnica blanca. ¿Cómo se siente, Señor Role?

-Como si me hubiera pasado un camión por arriba.

- Es comprensible, pero del accidente se encuentra bien. Sin embargo, notamos que tiene un poco de anemia y otros valores que no son normales. Tendríamos que profundizar los estudios pares asegurarnos de que no hay nada más .Traje la documentación para que me firme la autorización.

 -No.Volveré más adelante -afirmó Eduardo intentando levantarse.

-Pero Señor, creo que usted no comprende.

-Lo único que firmaré es mi salida. No insista.

-De acuerdo, traeré los papeles correspondientes .No quiero ser responsable si le ocurre alguna cosa.

-¿Te has vuelta loco?-exclamó Mason una vez quedaron solos.

-Tengo mucho trabajo...Ayúdame a vestirme.

-Iba proponerte que te quedes un tiempo en casa. No podrás ir a la peluquería en ese estado.

-Gracias por todo, lo pensaré. Ahora, alcánzame el pantalón.

Un mes más tarde Eduardo descubrió una oscura mancha en un dedo del pie y se mordió los labios angustiados... Era hora de regresar al Hospital, había perdido demasiado peso y estaba muy mareado últimamente.

-Creo que ya no puedo ignorar lo que me sucede, diré al personal que me tomo unos días libres, a nadie le extrañará, he estado muy distraído por la ruptura con Mateo. Ahora debo pensar a quien dejo como encargado en mi ausencia -pensaba en el instante en que comenzó a sonar su celular.

-Me gustaría conversar contigo, necesito una explicación. Ya Dany me comentó que ibas marcharte justo cuando llegamos.

-Deja de llamar, que me encontraras allí fue una desgracia con suerte. No te amo, lo intente pero...no pude. Fue un error pensar que podía sentar cabeza. Sigue con tu vida.

-Pero...no fue lo que me dijiste antes de marchar a mi misión-insistió Mateo.

-Lo sé, pero al regresar a los boliches…
comprendí qué…No estoy listo para la
monogamia.

-Comprendido, ya no te volveré a molestar-
finalizó Mateo, sin imaginar que su amante
estaba pasando una de las peores etapas de su
vida.

-También te amo. Pero no puede ser, ahora
menos que nunca-sollozó leyendo en la
computadora el examen positivo de HIV que se
había realizado en una lejana clínica.
Guardando su teléfono en el bolsillo salió
directamente a la Clínica para comenzar al
tratamiento, que con un poco de suerte, le
permitiría vivir unos años más.

"Nací para amarte cada día de mi vida.»
Queen.

Capítulo VII

Mason observaba caer la lluvia y meditaba sobre todo lo ocurrido en los últimos años: Su matrimonio con Jake y la posterior muerte de la madre de este, la enfermedad de Eduardo y muy especialmente la llegada de los chicos.
-Nuestros queridos hijos-suspiró nostálgico escribiendo el nombre de su esposo sobre el húmedo vidrio. A los que adoro, pese a que han ocupado casi completamente el corazón de Jake.Desde que vinieron a vivir con nosotros, todos los demás hemos pasado a un segundo plano. ¡Te extraño, querido, no imaginas cuánto! Apenas había terminado de reflexionar en voz alta, cuando la puerta del apartamento se abrió, y un huracán de voces entró inundando el lugar.
-Papá, fue una pena que no quisieras venir, ¡la película de Batman estuvo genial!-vociferó Stefano abrazándose al hombre.
-Me alegra que se hayan divertido-sonrió besando al chico que revoloteaba a su alrededor.

-Hola.pa-saludó Rodrigo más ceremoniosamente. Una película muy interesante.

-¿Y Jake?-preguntó con curiosidad.

-Aquí estoy-sonrió este besándolo. Te perdiste un estupendo film. Sin duda, uno de los mejores del hombre murciélago. ¿Qué has hecho esta tarde?

-Estuve leyendo, mirando tele. "y extrañándote"-finalizó. "*O aquellas jornadas de lluvia que pasábamos todo el día abrazados en el sillón mirando. Nada, solo juntos*"

-Bien, todos a merendar que tienen tareas que hacer-exclamó señalando a los niños. ¡Y nada de protestas!

Sin hace comentarios, Mason se sentó junto a su familia, fingiendo escuchar atentamente a los pormenores de la película.

-Con permiso, tengo algo que hacer-se retiró al living agotado de tanto griterío

-Pero te pierdes el final de la historia-titubeó Jake.

-Debo concretar ideas laborales. ¡He visto muchas películas de Batman!

-Pero no esta-refunfuñó Stéfano.

-Luego me la cuentas-sonrió retirándose nuevamente hacia el living.

"Debo buscar un momento para conversar con Jake sobre este tema...Necesitamos un tiempo a solas. Moira se ofreció a quedarse con los niños un fin de semana, ellos la adoran, hasta la llaman abuela"-pensó el hombre sentándose en el sillón de los recuerdos sin encender la luz.

-Te estaba buscando ¿Qué haces a oscuras?-susurró Jake sentándose al lado de su esposo.

-Pienso en nosotros, como ha cambiado nuestra vida desde que llegaron los niños.

-Es verdad, han dado un toque mágico a nuestra relación-aceptó Jake recostando su cabeza en el hombro de su esposo

-Así es, pero también nos han quitado intimidad.

-¿Qué quieres decir?-se alarmó Jake.

-Que me gustaría pasar unos días en la playa. ¡Amábamos caminar en invierno junto al mar!

-Moción aprobada .A los niños les encantará jugar a la pelota en la arena.

-No comprendes, me refiero a nosotros.SOLOS.Pueden quedarse con Moira un fin de semana.

Un obstinado silencio se instaló entre la pareja, hasta que Jake volvió a hablar.

-No creo que dejarlos sea buena idea, recuerda que ya han sufrido un abandono.

-Nadie va abandonarlos, únicamente dejarlos unos días con alguien que los adora-susurró Mason pacientemente. Son grandes, tienen nuestros apellidos. Hablo de recuperar a mi esposo, a la enamorada pareja que alguna vez fuimos.

-¿Quieres decir que ya no me mas?-tartamudeó Jake.

-No quise decir eso, pero veo que es inútil tratar de hacer entender. Iré a trabajar un rato.

-Pienso que la lluvia te ha puesto melancólico. Ahora somos una familia, no un par de chiquilines que se está conociendo. ¡Lo nuestro es firme!

-Con permiso, tengo cosas que hacer -se retiró Mason sin responder.

-Espera-exclamó Jake sin obtener respuesta.

 Mason esta distraído en un informe y no escuchó la puerta que se abría lentamente.

-Con permiso, ¿puedo pasar?-susurró su esposo.

-Por supuesto, sabes que nos precisas pedir permiso.

-Acostaré a los chicos temprano, y tendremos toda la noche para nosotros. Digo, si todavía lo deseas…

-Sabes que sí -sonrió este ilusionado. Me encanta tu propuesta.

-Entonces en media hora cenaremos. Y luego… ¡estaré a tus pies!

-No es precisamente allí que te necesito-respondió este siguiendo la broma.

-Eres un hombre pervertido, Mason Tur. Termina rápido, no demoraré en servir la comida-asintió guiñándole un ojo.

Mason finalizó su pollo al horno y lanzó un profundo bostezo.

-Los chicos y yo levantaremos la mesa. Ve a descansar un rato-comentó Jake.Precisarás fuerza.

-Uf-rezongó Stefano. Tengo que hacer.

-Lo siento, jovencito. Entre los tres lo haremos todo más rápido. Y luego a dormir.

-¿No puedo ver tele?-refunfuñó el niño.

-Hoy no-agregó Rodrigo que olfateaba que algo pasaba entre sus padres. Mañana es lunes, y tenemos escuela. Levántate y colabora.

-Todo dicho-asintió Mason besando a sus hijos. ¡Qué descansen! También voy a la cama.

-Espérame despierto, te sigo seguida-comentó Jake.

-Por supuesto, no podría dormirme aunque quisiera –musitó besando fugazmente la boca del hombre que tanto amaba.

Cerca de medianoche, Masón volvió a mirar el reloj extrañado de que su esposo no se hubiera costado como había prometido. Estaba por ir a buscarlo, justo que la luz del pasillo iluminó sus ojos.

-Perdona a la tardanza, Stéfano no quería dormir, estaba muy asustado por el ruido de la tormenta. Déjame darme un rápido baño y estoy a tu lado.

-Te prometo que no iré a ningún lado-sonrió este con picardía.

Jake se pegó una rápida ducha y se puso el perfume que tanto gustaba a Mason.Tras quitarse toda la ropa se metió en lecho, percibiendo el deseo en el cuerpo de su marido.

-Te extrañé-susurró Mason escondiendo su rostro en el cabello del recién llegado... ¡No sabes cuánto!

-También yo. A veces me dejo llevar demasiado por los niños, pobrecitos, han estado tan solos...

-¿Puedes ocupar tu cabeza en lo que estamos haciendo?-comentó Mason con un tono un poco más brusco de lo que hubiera querido.

-Tienes razón- aceptó este besándolo.

Las caricias se hicieron más intensas y Mason sintió que toca el cielo con las manos.

-No sabes cuánto te he necesitado-gimió besando lentamente a su marido.

-También yo. Te amo, Mason, nunca lo olvides.

Estaban concentrado en demostrarse su amor,

cuando un profundo trueno hizo temblar los

vidrios. Inmediatamente, se escuchó un llanto

del dormitorio de los chicos, y Jake se alejó de

su marido, sentándose preocupado en la cama.

-Es Stéfano-exclamó .Está asustado.

-Déjalo, seguro irá con su hermano.¡Pronto

cumplirá nueve años!

-Oh, no. ¿Qué clase de padre será si dejara a mi

hijo llorando?-murmuró saltando de la cama

para dirigirse al cuarto del chico. Regreso en

seguida y continuamos con nuestra "actividad"-

intentó bromear Jake.

Mason suspiró y se puso de costado sintiendo

que una especie de frustración invadía su

corazón.

-Esto no cambiará hasta que los niños lleguen a

la mayoría de edad.Jake ama a esos chicos más

que a nada en el mundo, incluso más que a mí.

-Mason tiene razón, debemos pasar más tiempo a solas. Moira estará feliz de quedarse con los chicos el próximo fin de semana-decidió pensando lo dichoso que se pondría Mason al enterarse sobre la próxima salida.

Querido…quiero comentarte algo-murmuró estupefacto al divisar la cama vacía

Rápidamente corrió a la cocina, y tembló al observar que tampoco estaba allí.

"Debo llamarlo, la oficina recién abre las nueve, y son la seis –gimió comenzando a discar"

El hombre escuchó sonar su celular y al contemplar el número de su marido, decidió no atender. Hacía horas conducía por la costanera, reflexionando sobre lo difícil que se había vuelto su vida.

-No dejará de llamar hasta que lo atienda, veré si ocurrió algo importante. Hola, Jake, ¿Qué sucede?

-¡Al fin!-suspiró.Estaba preocupado. Te fuiste sin avisar, y necesito conversar contigo.

-Pensé que no te darías cuenta de mi ausencia.

-Regresa, tenemos que platicar -agregó con respiración.

-¿De qué?-preguntó Mason con frialdad.

-Estuve pensando en tus palabras y…tienes razón, precisamos más tiempo a solas. Hablaré con Moira y el fin de semana próximo les dejaré a los chicos. Si deseas, iremos a un Hotel como hacíamos antes de adoptar... ¿Qué dices?-susurró cruzando los dedos.

-Yo...acepto. Reservaré dos noches en la posada que tanto nos gustó la vez que nos quedamos en Atlántida.

-Excelente, ¿por qué no vienes para casa? Es temprano aún.

-Tengo una reunión a las ocho, y deseo pasar por lo de Eduardo antes de ir. Conversaremos esta noche.

-Bien. Te quiero, Mason.No sabría cómo vivir sin ti.

-También yo, Jake.Y me alegra que hayas decidido intentarlo. Adiós.

-Saludos a Eduardo.

-Se los daré-cortó sintiendo que la esperanza volvía a iluminar su camino.

Mason llegó a su oficina y tras atender a un cliente, se dirigió a la sala de reuniones.

-¿Ha llegado alguien?--preguntó a su secretaria.

-El Señor Tomás Kuno .Ya lo ubiqué y le serví un café.

-¿Te dije alguna vez que no puedo vivir sin ti? Si no fuera Gay te pedirá matrimonio.

 -Lo imagino, y me alegro verte tan alegre-comentó Hilda recordando la tristeza que había en los ojos de su jefe la última semana.

-Gracias-sonrió el hombre caminando apurado al encuentro del recién llegado. Buenos días-saludó con amabilidad.

-Hola, Mason, parece que estos años sin vernos han sido generosos contigo.

-¿Perdón?-titubeó asombrado por la confianza del hombre.

-¿En verdad no me recuerdas? Soy Tommy, tu compañero de bachillerato. Pasábamos muchas horas juntas conversando de la vida. Cuando vi tu nombre en la invitación no lo podía creer. ¡Mira lo lejos que ha llegado el tímido Masi!- exclamó utilizando el seudónimo juvenil del hombre.

-Tommy-exclamó Mason.Pues los años fueron amables contigo también, estás mucho más delgado, y ya no tienes aquellos terribles aparatos dentales -acotó Mason.

-Por suerte, eran un verdadera tortura -carcajeó dejando a la vista su ahora alineada dentadura. Aprovechemos los minutos que faltan para que vengan los demás, cuéntame que ha sido de tu vida. ¿Te casaste, tienes hijo?-preguntó Mason.

-Me casé y divorcié el mismo año. Tenías razón, soy Gay y nunca dejaré de serlo. Todavía recuerdo el beso que me diste bajo aquel antiguo puente.

-Y yo la cachetada que recibí por ese motivo. ¡Tuve varios días la mejilla roja!

-Fui un verdadero tonto. Me gustabas mucho en ese momento, pero tenía miedo de salir. Sabes que mis padres eran muy religiosos. No me negaría si lo intentaras ahora-susurró atrevidamente.

-Tommy, estoy casado. Y tengo dos niños.

-Debí imaginarlo, perdona. De cualquier forma, quizá un día podamos tomar un café, como amigos. Tienes mi número, así que, cuando quieras puedes llamarme…

-Lo tendré en cuenta. Creo que ya están llegando los otros-comentó cortando el tema.

 Jake terminó de atender un cliente y se sentó a tomar una taza de café junto a Moira.

-¿Entonces no te molesta cuidar a los chicos el próximo fin de semana?

-Para nada, será un placer Y haces bien, debes cuidar a Mason.Él te ama, pero hay muchas tentaciones por la vida.

-Jajjjjjjjjaaaaaa.Él no es de ese tipo, aunque estos últimos días lo noté muy distante. Creo que lo he tenido un poquito descuidado.

-Momento de reparar ese error. Buena decisión.

-¿Quiere almorzar conmigo?-pregunto Tommy al finalizar la reunión. Supongo que al mediodía debes parar para comer.

-Sí, pero tengo mucho trabajo esta semana- dudo Mason pensativo.

-Será un corto rato. Tengo que hacer varias llamadas antes de proseguir la jornada.

-Está bien, vamos. En memoria de aquellos pintorescos recuerdos.

-Así se habla-sonrío Tommy.

-Hay un excelente restaurant en la esquina – comentó Mason.Déjame avisar a mi secretaria que demoraré y salimos de inmediato para allí.

-Te espero afuera –asintió Tommy.

-Listo, vamos caminando. Está a un costado del Shopping-indicó.

Mason observó el reloj y comprobó que había trascurrido tres horas desde el momento en que habían llegado al restaurant.

-El tiempo voló, debo regresar a la oficina - exclamó el hombre sintiendo que no tenía ganas de terminar la improvisada cita.

-Podemos encontrarnos otra vez fuera del ámbito laboral. Todavía quedan asuntos pendientes.

-Te aviso en cuanto tenga un minuto. Recuerda que tengo compromisos, ya no soy el mismo chico de nuestra adolescencia.

 -Perfecto, quedo a la espera. Yo soy libre como un pájaro, así que...llámame.

-Gracias, me encantó encontrarte-exclamó Mason sacando su billetera para abonar la cuenta.

-Yo pago, la próxima te toca. Así me aseguro de que volveremos a vernos.

 -"Ese truco se lo hice Jake en una de nuestras primeras salidas"-sonrió tenuemente. De acuerdo-carraspeó finalmente.

Jake tenía todo listo para llevar a los niños con Moira cuando escuchó quejarse a Stéfano.

-¿Qué te sucede, cariño? Será solamente por un fin de semana.

.-Me gusta quedarme con la abuela Moira, pero me duele la garganta y la cabeza.

-Deben ser mañas-sonrió este tocándole la frente. ¡Tienes fiebre! Debo llamar un médico ya mismo.

-Déjalo, papá. Yo lo atenderé-comentó Rodrigo.

-Tiene que verlo un profesional, puede ser serio.

-Yo lo atendí muchas veces cuando vivíamos en los diferentes hogares-insistió.

-Pero esa etapa quedó atrás, ahora tienen padres que los adoran-rezongó Jake.

-Como gustes. Seguiré armando mi mochila-suspiró Rodrigo resignado.

El viernes por la tarde, Masón llego tarareando una canción asombrado al ver salir al conocido pediatra de su apartamento.

-¿Qué sucede?-tartamudeó entrando de prisa.

-Debemos suspender todo. Stéfano está mal-explicó Jake histérico.

-Papá, solo son llagas. Moira y yo lo cuidaremos. ¡Vayan a ese paseo!-gritó Rodrigo.

-De ninguna manera puedo dejar a mi niño enfermo. Iremos en otra oportunidad. ¿Puedes cancelar las habitaciones, querido?

-Jake, cariño.Ya oíste a Rodrigo. No es grave-
imploró Mason.

 -Mason, por favor. No seas inhumano con tu
hijo.

-¿Eso es lo que piensas de mí? Ya mismo
cancelo. Y luego iré un rato a lo de Eduardo.

-¿Me puedes dejar de pasada en casa de Jon?-
pidió Rodrigo. Aprovecharé a quedarme el fin de
semana en su casa.

-Sí, claro,hijo.Yo vuelvo en un rato-agregó
Mason con frialdad.

-De acuerdo. Mientras yo veré como sigue
Stéfano.

-Lamento lo ocurrido, sé cómo esperabas pasar
este fin de semana con Jake comentó Rodrigo.
Pero no pude convencerlo de que Moira y yo
nos haríamos cargo de Stefano.

-Nada de eso, los niños se enferman, Y hay que
atenderlos.

- Es solo la garganta-suspiró el chico amargado.

-Sabes cómo es tu padre -intentó sonreír
Mason.Allí está la casa de tu amigo.

-Muchas gracias, no la hubiera encontrado sin tu ayuda, jamás vine por esta calle-acotó abriendo la puerta del vehículo.

-Ha sido un placer. Rodrigo…

-¿Sí?-preguntó el chico deteniéndose.

- Gracias por ofrecerte.

-Cuídate, Mason-sonrió con suficiencia. Nos vemos el domingo.

-Hasta entonces-se despidió el hombre esperando que su hijo se alejara para arrancar. ¿Estás seguro que te esperan?

-Claro-carcajeó Rodrigo. La próxima invito yo-asintió acercándose a la puerta del edifico donde vivía su compañero.

-Definitivamente, esto no cambiará .Jake jamás dejará ni un minuto sus hijos. Tal vez podría conversar un rato con Tommy, él dijo que lo llamara cuando quisiera-se le ocurrió en ese momento. Pero no quiero darle ilusiones, parecía interesado en mí. Lo saludaré un minuto-decidió el hombre discando antes de arrepentirse.

-¿Mason?-exclamó Tommy al ver el número de su antiguo colega en la pantalla.

.Hola –titubeó este.

-¡Qué gusto me da oírte! En verdad, pensé que no me llamarías.

-Dudé, pero…aquí estoy.

-Hiciste muy bien –asintió Tomás dándole ánimo.

-Tengo un rato libre, pensé que…podríamos tomar un trago.

-Gran idea-silabeó el hombre. Dime un lugar que te venga bien.

Cerca de las veintidós , Jake decidió a llamar a casa de Eduardo. La fiebre del niño estaba bajando, y tal vez no era demasiado tarde para cumplir con su plan.

-Moira se ofreció a quedarse aquí, podríamos salir mañana temprano y regresar el domingo de noche. Hablaré con Mason.

-¿Quién puede ser tan loco para llamar a esta hora?-rezongó el hombre bajando de la falda a Linda, su tortuga de tierra. Hable-gritó impaciente.

-Hola, amigo, ¿Cómo has estado? –titubeó Jake.

-¡JAKE! Eh, mucho mejor. Parece que al fin la medicación me está haciendo efecto.

-Te lo dije, debes tener paciencia.

-Sí, gracias, querido por preocuparte. ¿Y qué te hizo llamar tan tarde?

-Quería hablar con Mason, dijo que estará contigo.

-No lo veo desde el lunes que pasó por la peluquería.

-Quizá saliste y justo llegó en ese momento- insistió Jake entrecerrando los ojos.

-Estuve en casa desde las seis .Justo nos quedamos sin luz en la peluquería y cerramos temprano.

-"Mason salió de aquí como dieciocho y treinta"- recordó. Debo haber entendido mal. Perdona.

-Espera, ¿Qué esta sucedido? No lo noté bien el otro día.

-Creo que ya no me ama, pero la culpa es solo mía-confesó rompiendo en llanto. Ahora mismo, debe estar con otro.

-Seguramente está pasando una crisis de mediana edad. Cuéntame, cariño, y no te hagas la pelicula.Seguro llegará en cualquier momento.-susurró tratando de tranquilizar a su querido amigo. Tengo el resto de la noche para escucharte.

«No es el tener que irme lo que me causa dolor

sino que mi verdadero amor

deba quedarse atrás.»

Bob Dylan.

Capítulo VIII

-¿Cómo miraré a Jake después de haber

pasado la noche fuera de casa? —se peguntó

Mason tomándose un minuto antes de

descender de su vehículo.

. Desde que se había casado, era la primera

noche que pasaba con otra persona que no

fuera su esposo y por momentos, el

remordimiento lo carcomía...

- Aunque nos limitamos a conversar, debo reconocer que sentí una paz que hacía mucho no vivía, especialmente en el momento que Tommy apoyó casualmente su mano sobre la mía-recordó entrecerrando los ojos. ¿Pero qué estoy diciendo? ¡Amo a Jake y lo perderé si sigo con esta locura!-exclamó abriendo la puerta del coche para ir a su casa.

Una vez en el apartamento, abrió silenciosamente la puerta, y sin prender la luz se dirigió al baño, tratando de no despertar su marido.

-Buenas noches, ¿o debería decir buenos días? Son casi las cuatro.

-Perdona-musitó el hombre sintiéndose culpable. Me encontré con un antiguo amigo y el tiempo voló. No volverá a ocurrir. Iré a ver cómo sigue Stéfano y me acostaré.

-Está mejor, la fiebre bajó. Te estuve intentando localizar para decirte que si querías mañana podíamos continuar con nuestros planes pero nunca respondiste.

-No puedo estar pendiente de ti, querido.

También tengo vida-rugió el hombre.

-Se trata de tu hijo. Y estaba enfermo-acusó

Jake.

-Pero estabas tú, el padre perfecto, el buen

samaritano-gritó caminando de un lado a otro de

la habitación. Con eso es suficiente.

-Ya no grites o despertarás al niño. Y también a

los vecinos.

-Me importan un bledo los vecinos, no te

imaginas lo harto que estoy ¡Siempre haciendo

tu voluntad!

-Eres cruel, Mason.Consulto cada decisión que

tomo.

-¿Consultas o impones? Iré a dormir, no quiero

decir cosas de las cuales me arrepienta luego-

repitió dirigiéndose al cuarto de su hijo.

-¡Espera ¡Todavía no terminamos!

-Pues yo sí-gritó Mason furioso.

-Nunca lo vi así-sollozó Jake.Seguro hay otra

persona en su vida.

-Debo calmarme -susurró arropando al niño

antes de continuar hacia su alcoba.

-Hola, papá. Me despertaron los gritos, ¿estaban pelando? –susurró el chico tonándole al mano.

-Oh, no, querido. Conversábamos y parece que levantamos mucho la voz. Descansa –sonrió sentándose en el borde de la cama.

-¿Van a divorciarse como los padres de Mike?

 -¿Que? Oh, no.Todos los padres tienen algunas "discusiones", pero eso no indica que vayan a separarse. Ahora duérmete.

-Me alegra escucharte -bostezó el chico cerrando los ojos.

Mason pasó por el baño, y dejó pasar quince minutos deseoso de que su esposa estuviera dormido cuando se acercara.

-No deseo ver los ojos de carnero degollado de Jake.Él me culpará por todo, no entiende la soledad que invade mi alma-suspiró el hombre observando sus apagados ojos en el espejo del botiquín. Será mejor que vaya descansar –decidió sintiendo que no podía mantenerse en pie.

Jake se hallaba despierto cuando su esposo se metió en el lecho, pero prefirió guardar silencio. *"Ni siquiera se acuerda que el lunes hace un año que murió mamá, por suerte Mateo se ofreció a llevarme al cementerio. Y de paso podremos conversar un rato, no lo he vuelto a ver desde que dejó con Eduardo. No sé qué haré si me sucediera lo mismo. Es claro que le interesa ese hombre con el cual pasó la noche-* sollozó Jake poniéndose de espaldas a su esposo.

Mason observó el leve sacudón de su marido, y levantó su mano para acariciarlo.

-No puedo hacerlo-se detuvo ¿Qué le diría? "Perdóname, te amo pero me siento feliz con Tommy". Debo quitarme esta confusión que me invade, sé que lo quiero, ¡pero estoy como…cansado de estas situación!-suspiró observando las últimas estrellas de la noche. Y mañana prometí ayudar a Tommy a realizar su mudanza –recordó con una especie de remordimiento y disgusto en su corazón.

Mason pasó encerrado en su despacho casi todo el resto del sábado y a eso delas veintiuna se retiró a la cama .De nada sirvieron los esfuerzos de su esposo por intentar conversar, Mason se había encerrado en una dura caparazón.

-Buenos días-saludó Stefano ese domingo temprano –mitigando el hielo que parecía flotar entre el matrimonio.

-Hola, hijo. ¿Te caíste de la cama? –comentó Jake .

-Ya me siento bien. Mañana comenzaré la escuela -sonrió el chico mientras comía voz mente unos bizcochos caseros.

-Eres uno de los pocos chicos que desea mejorar para ir al Colegio-bromeó Mason.

-Tengo muchos amigos allí, ¿crees que puedes jugar al play station un rato por la tarde ? El tío Eduardo me regaló varios juegos nuevos.

-Tal vez podemos hacerlo ahora, tengo que salir esta tarde-masculló con un hilo de voz. Un amigo se muda y prometí ayudarlo.

-¿Un domingo?-preguntó Stéfano inocentemente.

-Recuerda que durante la semana trabajamos mucho-acotó mirando de reojo a su marido que parecía no prestar atención a la conversación.

-No sé porque los adultos trabajan tanto-masculló el niño frunciendo el ceño.

-Para poder comprar juegos-respondió Mason. En cuanto finalices tu leche, vamos a jugar.

-Ya terminé –exclamó el chico saltando de su silla.

Luego del almuerzo, Stefano se sentó en el living a ver televisión y casi enseguida, quedó profundamente dormido.

-La enfermedad lo agotó-fue el único comentario que hizo Jake mientras cubría al niño con una manta.

-Si. Tengo que salir, como comenté, debo ayudar a mi amigo con la mudanza Regreso en un rato.

-Está bien. Nos vemos luego-asintió Jake aguantado las ganas de llorar.

"-Pídeme que me quede, grita que me amas-
"rogó Mason silenciosamente deteniéndose
junto a la puerto de calle.
-Mason-llamó el hombre.
-¿Si?-respondió este esperanzado

-Te dejo la cena en el micro. Digo, por si la
"mudanza" se alarga demasiado.
-Gracias-rugió el hombre marchándose. *"Sin
duda está cansado de mí, no le importa que
vuelva a irme o me rogaría que no marche"*
Mason llego a la casa de Tommy y se apuró
hasta alcanzar a su amigo que ya estaba
cargando algunas cajas en un viejo camión.
-Tomás-gritó Mason fingiendo alegría .Debiste
esperarme, ¡esas cajas parecen muy pesadas!
-No estaba seguro de que vendrías, así que
comencé a trasladar los paquetes para hacer las
cosas más rápido. No es tan fácil conseguir
gente un domingo-comentó señalando a los dos
empleados de la empresa de mudanzas.

-Dije que te ayudaría, y soy hombre de palabra. Raro no lo recuerdes -sonrió levantando un paquete. Pon las cosas más frágiles en mi coche, y yo los seguiré.

-De acuerdo -asintió Tomás tomando entre sus manos otra caja.

-Todo listo. Nos vamos –gritó Mason ubicándose en su vehículo para seguir al camión de la empresa que llevaba a Tommy hacia su nuevo hogar.

-Llegamos-avisó Tomás por celular. .Es la casa de la esquina, al lado del negocio donde venden de ropa.

-Entendido. Y casi en la puerta hay lugar para estacionar.

-El garaje pertenece a la casa, deja que lo abro y acomodas tu vehículo en la parte exterior. El mío está adentro.

-Hermosa zona-comentó Son contemplando el Rosedal que se extendía por al amplio parque que alcanzaba a desviarse desde la casa. Buen gusto.

-Siempre me gustó el Prado. Y al fin pude
mudarme-asintió Tomás.

-Bien, comencemos a descargar antes de que
se haga la noche.

-Buena idea. O tendré que embargar a mi nueva
casa para pagar a la empresa de mudanza.

-Este parece ser el último-sonrió Mason rato
después secándose la transpiración. Ahora
tendrás mucho trabajo en ordenar todo esto.

-Espero ser la última vez que me mude- Gracias
por todo-suspiró Tomás.

-.Me marcho. Son casi las siete de la tarde y
prometí llegar temprano casa.

-Jake tiene suerte de tenerte, eres maravilloso-
susurró Tomás seductoramente. Yo no te
dejaría solo un minuto.

-Tenemos el niño enfermo, ya te lo comenté -
titubeo Mason sintiendo el peligroso aliento de
su amigo sobre sus labios. Tomás, detente-pidió
sin convicción entrecerrando los ojos para recibir
el suave beso.

-Lo lamento, no pude contenerme –se retiró un avergonzado Tomás .Y si alguna vez te sientes solo…aquí estaré.

-Mejor me voy, ya es tarde-exclamó tomando su campera.

Estaba por poner el pie en el escalón del porche cuando imaginó la lúgubre escena que lo esperaba en su casa. Un ceñudo Jake, mirándolo de reojo y su querido Stéfano insistiendo en jugar al play station.

-Pero de eso se trata una familia-pareció hablarle su conciencia ."De una afectiva rutina con los ser que amamos"

-Tal vez yo no deseo esa rutina -pensó. Amo a los niños, ¿pero sigo enamorado de Jake?-dudó observando los interrogantes ojos de Tomás que aprecian sonreír repletos de deseo.

Devolviendo la sonrisa, entro nuevamente a la casa y regresó junto a su amigo quien, comprendiendo las dudas de Mason, abrió los brazos para recibirlo.

-Sin preguntas-suplicó este.

-No son necesarias-exclamó el dichoso Tomás.

Mason llegó a su apartamentos cerca de las veintitrés y tras pasar por la habitación de sus hijos se desnudó y tiró sobre el lecho. Un profundo sentimiento de culpa lo había invadido desde que había salido de casa de Tomás, impidiéndole pensar con coherencia.

-Jake duerme plácidamente, como si ausencia no le importara. Por el contrario, quizá desee que me vaya-musitó dolorido. Debo pensar realmente que quiero hacer, especialmente por los niños, que ya han pasado tanto. Mañana pasaré por casa de Eduardo y le pediré ayuda. Estoy muy confundido-suspiró sin imaginarse que su esposo había estado llorando hasta que Mason se fue temprano en la tarde.

El sol brillaba en el enorme ventanal del dormitorio cuando Mason abrió los ojos.

-No puedo más de dolor de cabeza. Tomaré un analgésico para ver si me calma. Creo que llamaré a la oficina para cancelar todas mis citas —reflexionó estirando su brazo tocar a Jake.Se fue, mejor así; no tengo ganas de reproches.-suspiró intentando ponerse de pie. ¡Estoy completamente mareado! Será mejor que llame ya mismo a la oficina y luego a Eduardo, acabo de recordar que los lunes no trabaja--gimió tomando su celular.

-Debes estar grave, Mason.Desde que trabajo contigo, jamás faltaste a la oficina-comentó su secretaria. Si deseas voy para tu casa.

-No, gracias. Ya viene un amigo. Te llamo si preciso alguna cosa.

-Saludos a Jake.Cuida tu familia, tienes suerte de tener ese maravilloso hombre y esos niños tan encantadores-agregó la mujer como si sospechara lo que estaba ocurriendo en la vida de su jefe.

-Lo intentaré, querida. Un abrazo-colgó al escuchar el timbre.

Sin sospechar lo que sucedía a Mason, Mateo salía del cementerio junto a su primo, que sin poder resistir el dolor, había aprovechado a contarle todo lo que estaba ocurriendo en su vida.

-Me alegro que hayas escuchado mi consejo de dejar a los niños con Moira, así podrás conversar con tu esposo. Es claro que así no puede continuar.

-Si. Ella los pasará a buscar a la escuela y llevará para su casa. Los chicos aman la panadería-sonrió satisfecho. O más bien Stéfano, Rodrigo ya no le hace gracia que lo vayan a buscar. Y está muy interesado con el tema del acuarismo, pronto comenzará un curso.

-Tiene a quien salir. Y espero haberte ayudado, llámame cuando precises-acotó abriendo la puerta de su camioneta.

-Así lo haré-asintió Jake acomodándose en el asiento del acompañante. No quise molestarte, ya tienes bastante con lo que te ocurrió con Eduardo... ¡Pero no tenía a quien pedir opinión! Moira sospecha que ocurre algo, y está muy cabizbaja, no quería preocuparla más de lo que está.

-Hiciste lo correcto. Y en cuanto a Eduardo, él eligió su camino. Prefirió esa existencia promiscua a tener una familia conmigo-asumió Mateo con rencor.

-No lo juzgues. Tuvo una vida muy difícil; su enfermedad fue producto de malas decisiones. Tal vez, deberían darse una nueva oportunidad.

-¿A qué enfermedad te refieres?-preguntó Mateo juntando las cejas.

-Pensé que lo sabias-parpadeó Jake confuso. Y que, en parte, esa había sido la causa de su ruptura.

-Nunca me comentó que estuviera enfermo, solo dijo que no me amaba. Habla, por favor-rogó Mateo deteniendo el vehículo en una callejuela vacía.

-Parece que metí al apta-enrojeció Jake.

-¿Crees que lo hubiera dejado en una situación así? Sé qué hace mucho tiempo que no nos veíamos, pero…pensé que habías notado la clase de persona que soy.

-Eduardo tiene HIV, lo descubrió un poco antes de que terminaran. Imaginé que eso fue motivo de ruptura-afirmó resuelto. ¡Fui un verdadero estúpido!…

-Ahora lo comprendo. Intenté hablar con él varias veces y me dijo que no me amaba, seguro que no deseaba inmiscuirme en una problemática tan grave.

-Lamento que te hayas enterado por mí -suspiró Jake cabizbajo. Pero nadie me advirtió que hiciera silencio.

-Hiciste muy bien. Pensar que tú me llamaste para que te aconsejara y terminaste solucionándome la vida. Creo que en cuanto te deje en tu casa hare una visita al Coiffeur.De pronto me dio ganas de teñirme el pelo.

-Vaya, esto no me lo esperaba –sonrió Jake por primera vez en la tarde.

-Gracias, primo. ¿O debería llamarte Cupido?

-Seguro les irá bien, se aman.

-Y sigue mis consejos: habla con Mason-acoto marchándose velozmente.

- "Lo intentaré, primo, lo intentaré" –asintió pensativo sin notar a Mason que se dirigía velozmente hacia él.

-Hola-sonrió este. Parece que vamos hacia el mismo lugar.

-Mason.Vienes de…

-De acompañar a Eduardo hasta la esquina. Pasó la tarde conmigo, debía aclarar mi mente y…te amo Jake.Siento haberte hecho sufrir con mi incomprensión.

-Shhhh-exclamó Jake cubriendo la boca de su esposo con la palma de su mano .También fui muy tonto.

-Hace un rato recordé que hoy era fecha de tu mamá, pero no me sentía bien como para acompañarte .Otra cosa por la cual deberás perdonarme.

-Ya no importa, Mateo fue conmigo a llevarle unas flores.

-Deberá haber sido yo-insistió con amargura.

 -Olvídalo, creo que fue una fructífera salida.
Seguramente, Mama nos reunió en este día.-

-¿Los niños están con tu primo?-preguntó
Mason sin comprender.

-No, con Moira. Él tenía que cortarse el pelo -
sonrió con picardía.

-Oh, imagino lo que quieres decir. Fue a ver a
Eduardo, que no deja de llorar su separación.

-Exacto. Espero que haya una oportunidad para
ellos-comentó Jake abriendo la puerta del
edificio.

-Y para nosotros, que tendremos hasta mañana
para estar juntos…en soledad.

-Así es. ¿Se te ocurre algo en particular?-
susurró Jake.

-Puede ser, pero lo primero será una seria
conversación .Habrá tiempo para todo.

-Dejemos la "charla" para el final. Te extrañé,
Mason y quiero recuperarte.

-También yo, y me alegra escuchar esas
palabras. Pensé que ya no significaba nada para
ti.-respondió este conmovido por la confesión.

-Voy a demostrarte lo equivocado que estás –sonrió deteniendo el ascensor para besarlo con pasión.

-Enciende al elevador-carcajeó Mason al escuchar los furiosos gritos de los vecinos.

-Hay otro, que no sean pesados-respondió sin soltar al hombre que amaba.

Mateo detuvo su auto en la puerta de Eduardo y atravesó con firmeza el jardín. Una vez en la puerta, tocó varias veces el timbre decido a esperar a su amado hasta que abriera.

-Voy yo-exclamó finalmente el dueño de casa. Debe ser algún vendedor atrevido, es hora de que ponga rejas eléctricas.

-Hola-sonrió Mateo al enfrentarse con su amante.

-¿Mateo?-susurró .No entiendo que haces aquí, creo que fui bien claro. Lo nuestro acabó, ya no te amo.

Sin responder, el hombre lo tomó entre sus brazos y lo besó con fuerza.

-El problema es que yo soy muy terco-añadió el detective casi enseguida.

-Vete o llame a la policía-lo empujó Eduardo.

-No será necesario, ya está aquí.

-¿Se puede saber qué quieres?

-Estoy enterado de todo, incluyendo tu enfermedad. Y no me importa.

-Has perdido el juicio.

-Puede ser, solo así te pediría que te cases conmigo. Nunca me gustaron los compromisos -se arrodilló el hombre en la misma entrada.

-Levántate, el jardinero nos está mirando.

-No lo haré hasta que me digas que aceptas, tengo dos días libres para convencerte-Si estás enterado de que padezco HIV sabes que tendrá e momentos muy difíciles.

-Lo sé.

-Puedo vivir muchos años o morir mañana mismo.

-Al igual que yo, cada vez que salga vivirás con el temor si regresaré sano. O si regresaré. -agregó Mateo.

-¿Eres muy caprichoso, verdad?-refunfuñó Eduardo.

-Demasiado, así que será mejor que aceptes y me dejes entrar.

-De acuerdo, lo intentaremos -respondió el hombre sonriendo.

-Menos mal. Ya me estaba doliendo la cintura- vociferó Mateo tomando la mano que su novio le ofrecía. ¡Definitivamente, creo que soy yo el que morirá muy pronto!

-Eso no sucederá, pues yo estaré a tu lado para cuidarte-comentó Eduardo con los ojos brillantes por la emoción.

-¿Puedo pasar? Está haciendo mucho frio.

-Adelante, no deseo que fallezcas antes de casarnos -sonrió Eduardo tomando la mano que este le ofrecía.

Veo a mi alrededor a los que van y vienen, pero
la ciudad me parecerá vacía si
No vuelves tú.»

Mina Mazzini

Capitulo IX

Jake abrió los ojos y sonrió al sentir el cálido
cuerpo de su esposo contra su espalda. Sin
poder contenerse, le besó el transpirado cabello,
y observó suavemente la oscuridad nocturna,
indicador absoluto de las varias horas
transcurridas desde que se habían acostado.
Suspirando de felicidad, volvió a quedar
dormido.

-Fui un verdadero estúpido al pensar que alguien podía suplantar a Jaki, él es el amor de mi vida, y nadie ocupará su lugar jamás- balbuceó Mason sintiendo que su estómago crujía de hambre. *Iré a comer algo, con tanto nervio no he probado bocado desde temprano en la tarde.*

Intentando no hacer ruido, se dirigió a la cocina y comenzó a revisar la heladera. Alertado por el ruido, Jake abrió los ojos y estiró su brazo al costado de la cama donde hacía unos minutos, descansaba su marido.

-¿Mason?- preguntó suavemente.Allí esta su celular, así que debe estar por aquí cerca-sonrió observando a la iluminada pantalla. Parece que fue hasta la cocina-musitó volviendo a cerrar los ojos.

Había comenzado a desperezarse, cuando percibió que el teléfono vibraba haciendo temblar a la mesita de luz, y nervioso porque su marido no regresaba, decidió mirar quien era.

-Puede ser del trabajo. Ayer no fue-recordó al mismo tiempo que contemplaba la pantalla del celular.

-Es Eduardo, escribió hace varias horas para contarnos que había regresado con Mateo—leyó dichoso para sí mismo.

"Les escribo a los dos para que no se pongan celosos-escribió el hombre. Mateo está conmigo ahora y hemos decidido comenzar de nuevo.

PD: ¿Creen que podrán ser los padrinos de la boda ?

-Por supuesto-respondió Jake olvidando la hora y especialmente que no era su aparato. Veré el que sigue.

-Masi, ¿qué ha sucedido? Te quedé esperando, sé que no deseas que te escriba, pero el otro día estabas muy nervioso por tu esposo. En fin, no sé qué has decidido, pero recuerda que te amo. Y lo del otro día fue más que un revolcón para mí. No volveré a molestarte, pero recuerda que te espero. Hace mucho tiempo que lo hago. Tommy.

-¿Cómo se atreve a escribirle?-rugió Jake. Deberá contestarle como se debe pero no puedo rebajarme a eso. ¡Parece que hace bastante tiempo que son amantes! ¡Estas últimas horas que pasamos juntos han sido simplemente una mentira!-sollozó el joven apoyado el rostro contra su almohada. ¡El pobre esposo que juega el papel de víctima! Pero no quedará así.

 -Me lavaré los dientes e iré a la cama .Falta bastante para que salga el sol-pensó Mason apagando la luz de la cocina antes de acostarse otra vez,

-Mason, me asustaste-comentó Jake con voz gangosa.

-Lamento haberte molestado, pero tenía un hambre voraz—afirmó sonriendo al hombre que no dejaba de mirarlo ¿Sucede algo? Te noto extraño.

-En realidad, fue la alarma de tu celular lo que me despertó, no dejaba de sonar ni por un segundo-respondió escuetamente.

-Veré quien es y lo apagaré –susurró este rápidamente borrando el mensaje de su amante. Ya está, sigamos durmiendo-tosió Mason.

-¿Cundo pensabas decírmelo?-preguntó Jake comprendiendo que Mason no diría una palabra sobre el tema.

-¿A qué te refieres?

-A tu amante, pensé que podía ser alguien importante y mire el teléfono. Era tu querido Tomás-finalizó con furia y tristeza en su dolida mirada.

-¿Tomaste mi teléfono?-fingió enojarse Mason.

-No cambies el tema y dime quien es ese Tommy.Parece que hace mucho tiempo andan juntos.

-Nos encontramos casualmente en una reunión laboral y tomamos un café. Se refiere a que fuimos compañeros de clase-acotó al darse cuenta que de nada valía mentir.

-Su mensaje da otras idea muy diferente-musitó Jake.

-De acuerdo, te diré o que sucedió realmente .Yo me encontraba muy mal, y le conté que estábamos pasando un período de dificultades "amorosas"

- Y aprovechó la oportunidad para consolarte. Por lo que entendí, menciona un revolcón, y que sigue esperando por otro.

-Está bien, lo besé sin darme cuenta, pero no fue nada .Pensaba ir explicarle hoy de tarde.

-Imagino que es el tipo de la mudanza.

-Así fue, pero te repito que no siento nada por él- repitió Mason pacientemente. ¡Eres el hombre de mi vida! ¡Perdóname!

-El tipo insiste en que quiere repetir lo del otro día, y que hace bastante que se aman ¿Cómo puedes explicar eso, "si no pasó nada"?

-Jake, ya te dije , fue un amigo de la secundaria. A eso se refiere, un simple manotón de ahogado, me sentí solo y él estaba allí.

-Ya lo veo, justito a tiro-sollozó Jake. ¡Eres un mentiroso!

-Querido, por favor, no nos hagas esto. ¡Te amo tanto!

-¿Y yo tengo la culpa ahora? Quizá debí mantener silencio y aplaudir tus andanzas con el tal Tommy o Tomás.

-Te dije hace un minuto que en un rato pensaba terminar, ¿cómo debo decírtelo para que me creas?

-No sé si poder vivir sabiendo que estuviste con otro tipo, tengo dudas de querer vivir con un farsante.

-Es tremendo-rugió Mason perdiendo el control. Acabo de suplicar tu perdón, en cuanto salga el sol le escribiré que no volveré a verlo más, lo haré ahora mismo ahora delante de ti.

-No sé qué pensar-sollozó Jake.

-Pensé que todo podía ser como antes, pero me equivoqué, eres terco y duro. ¿Pues sabes qué? No preciso que me creas, me voy a tomar aire hasta que entres en razón –exclamó comenzando a vestirse.

-Te vas con él, ¿verdad? El "revolcón" que tuviste no fue suficiente, y mi enojo te sirve como excusa.

-Solo iba caminar un rato para clarificar mi mente, pero ahora que lo pienso….acabas de darme una buen idea. Prepararé algo de ropa y luego vendré a buscar el resto. Tal vez deba alejarme por un tiempo.

-Escucha bien –exclamó Jake poniéndose delante de la puerta .Si ahora sales de esta casa no habrá retorno para nosotros

-¿Y realmente piensas que lo habrá si me quedo? –gritó guardando algo de ropa en una pequeña maleta ¡Retírate, Jake! El aire apesta-susurró empujándolo suavemente del sitio.

-Mason, ¡no te vayas!-gimió Jake escuchando el portazo que indicaba que su esposo había marchado.

-¿Cómo puede haber pasado esto? ¡Parecía que todo estaba marchando tan bien! Daré una vueltas en el coche para tranquilizarme-suspiró sorprendiéndose al encontrarse frente a la casa de Tommy.

Mason observó la luz del porche encendida y se mordió los labios. Dejando su vehículo casi frente a la vivienda, se encaminó hacia la entrada, dispuesto a tocar el timbre y solicitar alojamiento al hombre.

-Esto es una locura, será mejor que regrese a casa espere a que amanezca. Pensaré con más claridad dentro de un rato-decidió pegando la vuelta. Además, será mejor que me quede en un hotel hasta ver cómo sigue esta historia.

-Mason, ¿eres tú o estoy viendo visiones?- escuchó a la conocida voz que lo llamaba.

-Tommy, parece que hoy hago todas burradas. Te desperté.

-No podía dormir pensando en ti-confesó el hombre. Temí no volver a verte, ¿pero qué haces tan temprano?

-Discutí con Jake y me fui de casa. Sin querer llegue a tu puerta. Lamento haberte molestado.

-¿Qué dices? Quédate en casa hasta que todo se solucione-musitó. Presiento que mi mail tiene algo que ver en todo esto ¡Nunca debí escribirlo!

-Es cierto, tus palabras causaron una conmoción en mi matrimonio. Pero quise explicar todo a Jake y no quiso oírme.

-Yo lo llamaré y le haré entender lo ocurrido ¡Dame su teléfono!

-Será peor. De todos modos, gracias.

-Entonces por favor quédate, no es bueno estar solo en momento como este –rogó Tomás.

-Eres muy amable en recibirme, yo…-recortó si poder r continuar ahogado pro los sollozos.

-No digas nada y entra. Lamento haber sido el causante de tu pelea. Puedes quedarte aquí cuanto quieras-sonrió el hombre sin mencionar el rápido mensaje que había enviado a Jake como respuesta a las acusaciones que este le había realizado hace minutos.

-*"No te preocupes está mí, lo cuidaré por ti"*-leyó Jake observando la foto de su esposo sentado en un sillón de colores.

Jake estaba en la panadería cuando su celar comenzó a sonar insistentemente. Los niños habían quedado en la escuela convencida de que su padre estaba en viaje de negocios, aunque Rodrigo parecía sospechar que algo raro pasaba en la pareja.

-Buenos días-respondió el hombre tras limpiar sus manos con el delantal.

-Jake, soy… ¿Cómo está Mason? No vino trabajar y quiero saber si suspendo las reuniones de hoy.

-No tengo idea-agregó. Ya no vive conmigo.

-¿Qué estás diciendo?-titubeó la mujer anonadada. No te preocupes, ya está entrando. Lamento haberte molestado.

-No tenéis porque saberlo, pídele el número de su novio por si algo así vuelve a ocurrir. Yo no tengo nada que ver ahora. Adiós-cortó resistiendo las ganas de llorar.

-Insististe en que deberían conversar. ¡Mason simpe te amó!-exclamó Moira disgustada.

-Exacto, como bien dices, "me amó". Hasta que llego ese tal Tomás.

-Convengamos que desde hace tiempo tenían "ciertas dificultades", quizá ese tipo sea solo una evasión para Mason.

-No interesa, tengo dos niños que atender.

-Que también son hijos de Mason-susurró la mujer. Debes contarle lo sucedido.

-No sé ni cómo comenzaré.

-Con la verdad, ellos no son tontos. Y Rodrigo, sospecha que algo grave está ocurriendo en la pareja. Pero insisto en que deben conversar. Un amor como el ustedes no puede terminar de esta forma.

-Viene gente, luego hablamos-asintió Jake agradecido al cielo poder finalizar el tema.

-Mason, ¿Qué ha ocurrido? Mira las ojeras que tienes, luces como si te hubiera pasado un camión por encima-preguntó Hilda apenas verlo.

-Digamos que algo así. Prepárame un café, por favor. En breve llegará el primer cliente.

-Llamé a Jake para saber sobre ti y me dijo que te habías mudado. Habló de otra persona.

-Mientras tomamos el café, aprovecharé para resumirte todo. Y olvida ese teléfono, te daré el de mi amigo Eduardo.

Jake estaba esperando sus hijos en la puerta del colegio y observó la llamada de Eduardo en su teléfono.

-Por favor, no trates de conectarme. Me comunicaré contigo en cuanto me sienta mejor...Gracias-envió un WhatsApp dejando que el mensaje de su amigo fuera al correo de voz. Mason no sabía cómo decirle a Tommy que estaba buscando un sitio donde mudarse. Le había dejado a Jake la casa para que viviera con los chicos, ya que no quería moverlos del lugar al cual estaban acostumbrados.

-No te preocupes, Mason.Buscaré algo acorde y nos marcharemos pronto. Es tu casa y debes estar allí. Salvo que desees continuar en lo de Tomás-comentó Jake una vez que fue a visitar a los chicos, e intentó arreglar el vínculo deshecho.

-Por favor, no comiences-asintió este sin comentar que pensaba mudarse los antes posible del lugar. Haz como te parezca, todo está bien para mí.

-De acuerdo-asintió Jake. ¿Vienes por ellos el próximo fin de semana?

-Iré a buscarlos a la escuela durante la semana. Se los prometí.

-No hay problema .Buena suerte.

-Jake, yo…

-¿Qué ocurre?-preguntó Jake con frialdad.

-"Nunca dejé de amarte" –pensó sin atreverse a hablar acobardado por la helada mirada del hombre. Nada, hasta pronto...Llámame cualquier cosa que precises. Tenemos la cuenta del banco en común, así que puedes sacar el dinero que precisen. Sin límites, no me perdonaría que les falte nada.

-Eres muy generoso-reconoció Jake dulcificando la mirada.

-Es lo que corresponde -afirmó el hombre besándolos como si no quisiera separarse nunca.

-¿Cuándo regresará? ¡Quiero que regrese con nosotros!-lloriqueó Stéfano marchándose a su cuarto

-Hijo, espera-exclamó Jake disgustado.

-Déjalo, hablaré con él.

Mason llegó a la casa de Tomás decidido a confesarle la verdad.

-No lo amo, fue solo una ilusión. Y es un buen hombre, debo dejarlo libre para que encuentre el verdadero amor.

-Mason, querido, ¿cómo están los niños?

-Bien, gracias, debemos conversar.

-Está bien, pero primero comamos algo. Hice el pescado que tanto te gusta.

-Tommy…eres muy amable conmigo.

-Te amo, y estoy dispuesto a relazar hasta lo imposible para conquistar tu amor. Ahora que tengo no puedo volver a perderte-sonrió.

-Bien, probemos ese pescado. "Quizá aprenda a amarlo, me gustaba en el liceo"-reflexionó tratando de ignorar a un par de ojos color ámbar que parecían sonreírle a la distancia.

Hacía casi tres meses que la pareja se había separado y la situación continuaba incambiable. Las épocas noticias que Jake tenía de su marido eran por los chicos, quien prefería no contar demasiado sobre las actividades que realizaban con el hombre.

-Seguro Tomás está con ellos y temen hacerme sufrir. ¡Pobrecitos!-pensaba el hombre mientras sacaba unos bizcochos del horno.

-Jake, querido-exclamó Moira sacudiendo el celular de su amigo. Traigo tu teléfono, porque está llamando de la escuela.

-Gracias, deben querer saber si Rodrigo continuará el secundario allí-sonrió respondiendo.Hola, ¿cómo? ¡Salgo de inmediato!

-¿Qué sucede?-preguntó Moira.

-Stéfano se desmayó en la clase de Educación Física necesitan que vayas con urgencia.

-Salgo inmediatamente. Hacía semanas que no se sentía bien, perdió peso y estaba más cansado que lo frecuente. .Con la psicóloga imaginamos que sería por la separación, él adora a Masón aunque no lo dice, sé que sueña en irse con él.

-Apúrate e infórmame lo que sucede, estaré atenta...

-Así lo haré-asintió el joven tomando al llave del auto que había adquirido hacia unas pocas semanas.

Jake llegó a la escuela y corrió en busca de la Directora. .

-Señor Pierce, justo a tiempo, acaba de llegar una ambulancia y lo iban a llevar al Hospital. No pudimos contactarlos, ni a usted ni a…Mason-comentó la Directora que estaba al tanto de la separación.

.Gracias, ¿Dónde se encuentran?

-En departamento médico, sígame. Si lo desea, uno de nuestros empleados puede llevar a Rodrigo hasta su casa-agregó la amable mujer.

-Le agradecería, pero me gustaría explicarle sobre lo sucedido para que no se inquiete demasiado.

- Rodrigo ya está con su hermano-sonrió esta .- Acomodaré mi coche en el estacionamiento, pienso ir en la ambulancia con mi hijo.

-Por supuesto, usted no se preocupe de nada más que de Stéfano.Si nos deja la llave, ubicaremos su coche.

Jake llegó al Sanatorio y sollozó al ver desaparecer a su hijo por unos solitarios corredores.

-Quiero ir con él-rogo a un médico que se acercó a comentarle lo estudios que realizarían al niño.

-No está permitido entrar al laboratorio a personas que no trabajen aquí. .Siéntense en la sala de espera-agregó el médico acostumbrado a estas solicitudes. No demoraremos demasiado.

-Y yo estaré con él. Soy Néstor Pérez enfermero encargado de pediatría-saludó un hombre que parecía tener la misma edad de Jake.

-De acuerdo-asintió Jake sosteniendo la oscura mano que el hombre le ofrecía.

-Aproveche a tomar un café, la noche puede resultarle muy larga en estos lugares acotó con amabilidad.

-Primero llamaré a su otro padre, debe estar enterado de lo ocurrido.

-Es comprensible, lo dejo, o comenzarán sin mí- comentó el enfermero escuchando su nombre por parlante de la sala.

-Mason no atiende, hablaré con Moira. Y si no hay más remedio, intentaré comunicarme con Tomás. Espero él le avise lo sucedido -- pensó sin sospechar que Mason no tenía consigo el teléfono.

-Saldré a recorrer los sitios en que estuve antes de llegar y veré si deje mi celular olvidado. Es raro, nunca me ocurrió algo igual

-Son los nervios, si quieres te acompaño- comentó Tomás.

-Prefiero ir solo, así voy recordando los sitios en que estuve.

-Perfecto...Mientras buscaré por todos lados.

-Te agradezco-asintió Mason. "No deseo que se entere que estuve en varias inmobiliarias, se pone histérico cada vez que menciono algo sobre la mudanza... Pero es claro que no lo amo ni lo amaré". Bien, comencemos la búsqueda -decidió Mason.

Tomás se despidió por última vez del hombre y se quedó mirándolo partir detrás de una cortina del living.

-Cometí un error al esconderle su teléfono, quizá ahora fue directamente a la casa de Jake.Pero al ver el número de la Escuela y luego un mensaje de su ex...... ¡No sé en qué estaba pensando! En cuanto llegue le diré que lo encontré bajo la cama-acotó borrando todas las llamadas y mensajes. Siempre puedo decir que no sonó-intentó convencerse Tomás.

 -¡Maldito bastardo!-exclamo Jake al comprender que su esposo no atendría...Seguro vio que era yo y decido ignorar las llamadas.

.Allí viene el enfermero que acompañó a Stefano a realizarse los estudios. Iré a ver qué novedades tiene.

-Señor Pierce. Están terminando de analizar las muestras de sangre. Su hijo se portó como un valiente, está en la habitación seis. Ya puede ir con él.

-Perfecto. Y gracias por acompañarlo...

-Estoy para eso. Cuente conmigo para lo que sea-sonrió este sonriendo con calidez.

-Es muy amable –asintió Jake sintiéndose reconfortado por la amabilidad del profesional.

«Qué maravillosa es la vida desde que sé que estás en el mundo.»
Elton John.

Capítulo X

-Me quedaré con su hijo. El médico quiere hablar con usted. Ya mismo-afirmó Néstor con seriedad.

-Pero mi espo…su padre no ha llegado-susurró un angustiado Jake.

-El Doctor debe irse y quiere dejar todo claro. Luego hablará con él.ES URGENTE-insistió el joven.

-Está bien. Imaginé que debería ser algo grave-
susurró en voz apenas audible al enfermero .No
estará tan apurado si tuviera algo sencillo.

-Vaya, lo está esperando .Mientras le contaré un
cuento a Stéfano.

-¿Cuándo vendrá papa Masi?-preguntó el niño
con voz lastimera.

-Pronto, querido. Sabes cómo es tu padre.
¡Trabaja mucha horas!-aclaró Jake conteniendo
el llanto.

Mason entró a la casa de Tomás decidido a
revisar todo de nuevo.

-Recorrí cada lugar en donde estuve y ni rastros
del celular. Si ahora no aparece mañana mismo
saldré a comprar otro.

-Querido, mira lo que encontré comentó el
risueño dueño de casa. ¡Tú celular!

-¡Qué bueno! ¿Dónde estaba?

-En la lavadora, mezclado con la ropa.

-Extraño. Siempre reviso bien todo antes de
ponerla lavar.

-Uno hace cualquier cosa cuando anda
distraído.

-Es verdad-asintió. Y eso me recuerda que debemos tener una conversación. Por el bien de los dos.

¿Sobre qué?-murmuró Tomás frunciendo el ceño.

-Lo sabes bien. Sobre nosotros.

-No quiero escuchar-gritó tapándose los oídos con las palmas de las manos.

-Pues deberás hacerlo, esto ya no funciona. Somos buenos amigos, pero nada más. Es hasta ridículo que durmamos en la misma cama, es como si estuviéramos en un pijama party.

-Yo te amo-sollozo Tomás.

-Y yo te quiero mucho, pero como amigo, nada más.

-Fuimos muy felices en el liceo.

-Éramos dos adolescentes intentando explorar un mundo nuevo, descubrimos y enfrentamos juntos nuestra sexualidad. Hemos crecido, Tommy-agregó Mason cariñosamente.

-¿Vas volver con él?

-No. Iré a un Hotel hasta que encuentre alguna vivienda adecuada... Con permiso, es mi amigo Eduardo-comentó observando su teléfono.

¿Hola?

-¿Puedes decirme donde te habías metido? ¡Hace rato que te estamos buscando! Primero de la escuela, luego Jake...

-No encontraba el celular, estaba caído en la lavadora.

-No sé qué estupidez es esa. Debes venir de inmediato a la Médica. Stefano no está bien.

-¿Dios mío? ¿Qué ha sucedido?

-No es algo que se pueda explicar por teléfono. Sal para aquí. Hace rato estamos con Mateo.

- Ya estoy en camino-titubeó Mason tomando las llaves de su vehículo. Debo irme ya mismo-anunció a Tomás. Luego vendré pro mis cosas.

- ¿Qué pasó?-preguntó alarmado el dueño de casa.

-Mi hijo Stéfano. Tiene un problema de salud muy importante y debió ser internado. Hace rato que me buscan, ¡justo hoy se me fue a perder el teléfono! ¡Espero llegar a tiempo!-sollozó el hombre.

-Fue mi culpa-gimió Tomas cayendo sobre el sillón. ¡Mis malditos celos!

-¿Qué quieres decir? Fue una distracción, además el celular no tenía llamadas.

-Yo las borré y lo escondí en la lavadora. Pensé que era Jake que quería reconciliarse y no podía soportarlo.

-Pero la Escuela…

-Imaginé que eras excusas para llamar tu atención.

-Estás loco, debes atenderte. Pero no puedo seguir conversando, mi hijo me espera.

-¡Lo lamento mucho! Pensé que te había olvidado, pero volver a verte me recordó cuanto te amaba todavía. Y tú estabas pasando un mal momento con tu pareja.

-Entonces, como dijo Jake, decidiste aprovechar la oportunidad-sentenció Mason.

-¿Acaso no hubieras hecho lo mismo?

- Hemos terminado. Reza para que mi hijo se encuentre bien, porque…no sé qué locura pueda cometer si cuando llego ocurrió algo irreparable.

-Perdóname, por favor, Mason, nunca quise lastimarte- vociferó Tomás tirándose a los pies de este.

-Aléjate de mí. Me das asco-acotó el hombre.

Mason dejó su Camaro en el estacionamiento del Hospital y corrió hacia administración.

-Señorita, estoy buscado el área pediátrica. Soy el padre de Stéfano Tur Pierce. Lo trajeron de urgencia hoy por la tarde.

-Primer piso, habitación seis -acotó la mujer

-Gracias –asintió subiendo de a dos los escalones que lo separaban del lugar.

-Señor, ¿a quién busca?-preguntó un enfermera la verlo por el pasillo .El horario de visita finalizó hace un rato.

-Soy el padre de Stefano Tur Pierce.

-Pero su padre está con él-refunfuño la mujer ignorando la situación familiar.

-Sonso dos padres –respondió tratando de mantenerse tranquilo.

-Comprendo. Por ese corredor –indicó la mujer.

Mason llegó a la puerta de la habitación seis y suspiró al distinguir a su hijo mirando dibujitos animados.

-¡Papá, llegaste!-gritó Stéfano con fuerza llamando la atención de Jake que estaba ordenando el baño.

-Mason, al fin –comentó este con frialdad.

-Tuve un percance, perdí el celular-agregó sin ganas de comentar lo que realmente había acontecido.

-No me interesa. Tenemos que hablar –susurró el oído del hombre. Pero ahora, saluda a tu hijo. Hace rato pregunta por ti.

-Vete a descansar si deseas, yo me quedo con él.

-Bajaré hasta a la cafetería para traerme algo de comer y regreso.

-¿Dónde está Rodrigo?

-Se quedó con Moira, deberemos pasar un largo tiempo en el Hospital, así que se quedará con ella.

-Si lo desea, puede mudarse conmigo.

-Pregúntale a él…no sé si querrá vivir contigo y tu amante. Ya regreso.

-Jake, las cosas han cambiado-gimió Mason tomándolo de un brazo.

-Ahora no, Mason.Por favor-musitó este cortándolo con su fría mirada.

Horas después, Jake regresó a la habitación y observó a su esposo dormido junto al pequeño Stefáno.

-"Cuántos recuerdos-susurró con nostalgia... ¿Cómo llegamos a esto?

-Lamento interrumpir la escena –comentó Néstor entrando en la habitación Pero debemos conversar.

-Me asustaste -asintió Jake.Vamos al banco del corredor , así no lo despertamos.

-Supongo que es el padre de Stéfano y tu…esposo.

-A estas alturas diría ex -comentó sin notar el brillo en la mirada del enfermero. Ya se verá más adelante, ahora lo único que importa es la salud de Stéfano.

-De eso quería hablar.Mañana temprano comenzarán las sesiones de quimio. Veremos cómo resulta.

-Tengo grande esperanzas-susurró Jake.

-Recuerda que es una situación grave, Y el Doctor Castillo es el mejor del área. Puedes estar seguro de que hará hasta lo imposible por salvarlo-reiteró con tristeza.

-Gracias por el ánimo-acotó Jake tomando repentinamente la mano del profesional que no hizo ademán de soltarla.

-Perdonen, no deseo molestar, pero necesito aponerme al tanto de la salud de mi hijo-carraspeó Mason apareciendo sorpresivamente.

-Los dejo conversar-se levantó Néstor velozmente. Y recuerda lo que hablamos.

-Gracias por todo-asintió Jake.

-Quizá ahora que se fue tu amigo podamos conversar.¿ De qué me estoy perdiendo?- susurró entrecerrando los ojos.

-No es mi amigo, es el enfermero de Stéfano- asintió .Y será mejor que te sientes, no te gustará lo que vas a escuchar.

Jake entrecerró los ojos al ver llorar a Mason como nunca lo había hecho hasta el momento.

-No puedo ni imaginar en perder al pequeño Stefano-confesó. Consultaré a los mejores oncólogos del país, del mundo.

-El Doctor Castillo es el mejor. Solo debemos esperar que el niño reaccione al tratamiento.

-¿Cuándo lo sabremos?

 - Ni idea, habrá que ser paciente.

 -Bien .Será mejor que salude al pequeño y me vaya, volveré mañana a la hora del tratamiento. Además debo buscar un lugar donde vivir.

-Pensé que seguías con…Tomás.

-No-afirmó cortante.

-Yo no estaré casi en casa, así que si deseas…el cuarto de huéspedes esta vacío. En realidad, yo soy el que debería mudarme. Pero imaginarás que en este momento no puedo hacerlo.

-Son también mis hijos. Quiero que te quedes en el apartamento. Solo me quedaré hasta que Stefano se mejore y regresen.

-Más adelante volveremos a conversar del tema-asintió.

Tal como estaba establecido, ocho en punto los enfermeros vinieron en busca de Stéfano.

-Esperen aquí-comentó Néstor. Yo iré con él.

-Pensé que te habías marchado-comentó Jake.

-Me fui ,pero regresé.En este hospital distribuyen a los enfermeros por chicos, para que sientan confianza por el personal y los niños se sientan acompañados en los tratamientos. Yo soy la referencia de tu hijo, perdón de vuestro hijo-reiteró al ver la dura mirada de Mason.

-Eso es estupendo-sonrió Jake saludando al niño que ya estaba listo para ser llevado a la sala de quimioterapia.

-Hasta dentro de un rato-saludó dichoso de comprobar que sus padres estaban nuevamente juntos.

Stefano dormía en el momento en que Rodrigo llegó al Hospital.

-¿Cómo está?-preguntó tras saludar a sus padres.

-Luchando, el caso es complejo. Confiemos en que la ciencia mejorará a nuestro pequeño.

-¿Y sí no lo hace?-insistió el adolescente.

-Necesito pensar que muy pronto esto será una pesadilla y Stéfano se pondrá bien-insistió Jake.

-Rodrigo-intervino Mason en ese momento. Puedes quedarte conmigo hasta que papá regrese a casa.

-No quiero que descuides tú…relación.

-Rodri -afirmó Jake con seriedad.

-Estoy en el apartamento ahora. Hasta que ustedes vuelvan.

-No comprendo-susurró el chico levantando una ceja.

-Ya no existe lo que tú llamas una relación. Tal vez nunca existió-repitió mirando a Jake de soslayo.

-Perdona, prefiero acompañar a Moira hasta que papá regrese. La mujer está desesperada.

-Puedes quedarte en el apartamento... Como ves, nadie te molestará-reiteró Jaque.

-Entiendo-asintió el hombre con dolor. Esperaré a que Stefano regrese y trasladaré mis pertenencias. De cualquier forma, aquí no soy necesario.

-Mason, por favor...Contrólate-acotó Jaque.

-Despertó-exclamó Néstor en ese momento. Y pregunta por Jaque.

-¿Comprendes lo que te digo? Le daré un beso y seguiré con mis tareas. Regreso por la tarde.

Tal como habían quedado, Masón regresó esa misma noche intentando convencer a su esposo para que fuera a descansar.

-Seguro esto irá para largo….así que…ve un rato a descansar. Aprovecha que se durmió. Debes estar fuerte para enfrentar la lucha.

-Tienes razón. Estaré aquí a primera ahora -asintió.

Jaque llegó justo en el momento en que su hijo estaba siendo llevado para un examen general.

-Papá-exclamó al verlo. ¡No llegabas nunca!

-Perdóname, me dormí-confesó el hombre.

-Néstor y papi estuvieron conmigo todo el tiempo, pero te extrañaba.

-No volverá a ocurrir. Estaré aquí cuando regreses-sonrió el hombre besándole la frente.

-No demoraré-afirmó el chico intentando adornar con una sonrisa su macilento rostro.

-Mason, cuando gustes puedes marchar .Yo me quedaré aquí todo el día. Tome otro empleado para que ayude a Moira, así que no hay problema.

-El Doctor dijo que quería controlar como sigue para evaluar el progreso del tratamiento. Creo que le harán varios estudios en el día de hoy-explicó Mason.

-Perfecto, allí llega Néstor. Veré que novedades trae-agregó Jaque pensando como una persona que hasta hace poco era un simple desconocido podía haberse transformado en alguien tan importante para él.

-Ve tranquilo –respondió pegando al enfermero una última mirada antes de partir.

"No hay duda de que Néstor esta embelesado con Jake.Sin duda, soy un sobrante. Yo me lo busqué"-se marchó el hombre secándose la lagrimas que rodaban por su cara.

Jake caminaba de un lado al otro del pasillo escuchando la tranquilizadora voz de Néstor.

-Hoy tenemos reunión semanal con el Doctor Castillo. Espero que Mason lo recuerde y venga a acompañarme. ¡Es el padre y hace dos días que no viene!–gimió Jake.

-Algunas personas se atemorizan al ver sufrir a sus seres queridos. Quizá tu esposo es uno de ellos.

-Nunca estuvo entusiasmado con la idea de se ser padre, yo lo forcé. No puede culparlo.

-Ahora no es momento de reproches -susurró Néstor .Debes estar animoso, tu hijo te precisa.

-Lo sé-asintió. Lo sé.

Mason entró al Santoro y se dirigió directamente a la habitación de Stéfano.Se había tomado unos días libres en la Empresa para poder participar más en el cuidado del niño.

-*"Jake podrá estar enamorado de ese Néstor, pero Stefano no deja de ser mi hijo"*-se repetía el hombre mientras caminaba por el pasillo.

-Papa, estas horrible-exclamó Rodrigo cruzándose con él. Tienes barba de una semana, y tú traje…

-No estoy bien. Lo sucedido me ha destrozado.

-A todos, pero eres un hombre adulto, se supone que tú eres él que debe estar apoyando a papá y a Stefano .Y no has aparecido durante casi toda la semana.

-Lo tengo claro, pero estoy listo para afrontar lo que venga. ¿Tú padre?

-En el patio con Néstor. Aprovechando que Stéfano descansa, ha estado muy agitado estos últimos días.

-Iré a verlo, y luego buscaré a Jake-asintió continuando su marcha hacia la habitación.

-Veremos que dice el Doctor, no veo ninguna mejora en mi hijo-mencionaba Jake sin observar que Mason se acercaba a ellos.

-Es por la medicación, debemos esperar a lo que diga Castillo-acotó el enfermero tomándolo de un brazo.

-Oh, Néstor, ¡no sé qué hubiera hecho sin ti!-sollozó Jake apoyando su cabeza sobre el hombro de este.

-Jake.Sé que no es lo correcto, justo en esta terrible situación.Pero me gustas mucho y quisiera seguir viéndote luego de que...esto termine-carraspeó el hombre.

-Néstor-palideció el aludido. Soy un hombre casado, y además, como bien dijiste, no puedo pensar en eso ahora.

-Con un tipo que no demuestra el mínimo interés por ustedes-argumentó Néstor sin controlarse.

-Por favor, Néstor. Es el padre de Stéfano. Lamento haberte dado una idea equivocada.

-Perdona, me sobrepasé. ¡Sencillamente, no pude evitarlo!-gimió apoyando sus labios sobre la entreabierta boca de Jálenos vemos en el consultorio –afirmó marchándose sin mirar atrás.

Mason observó el cálido beso que el enfermero dio a su esposo y se detuvo a mitad del camino.

-Hacen una buena pareja. Y mis hijos lo quieren-comentó para sí mismo. Esperaré a que Jake se reponga y me acercaré fingiendo que no vi nada. Todavía falta una hora para que el médico nos reciba.

-Mason, ya pensé que no vendrías-exclamó el aludido intentando mantener la calma.

-Lo siento, sé que he estado un poco alejado últimamente, pero el dolor no me dejaba pensar. Acabo de comenzar un tratamiento psicológico y me siento mejor para enfrentar lo que venga.

-¿Y crees que yo estoy pasando bien? Como dijiste una vez, no todo es sobre ti, querido-rezongó el hombre.

-Disculpen, el Doctor llama a la familia –tosió una enfermera cortando la discusión.

-Vamos, luego terminaremos esta conversación- asintió Jake.

Los hombres entraron al consultorio del Doctor Castillo que tras un brindarles un imperceptible saludo les indicó que se sentaran.

-Buenos días. Disculpen la tardanza, estaba atendiendo a otro chico -saludó Néstor acomodándose al lado de Jake.

-Ahora que estamos todos comenzaré. Quisiera tener mejores noticias, pero…Stéfano no está respondiendo al tratamiento tal como pensaba – susurró el Doctor deteniéndose al escuchar el llanto de Jake.

-¡Lo presentía!-gimió este desconsolado.

-Trata de tranquilizarte. Y escucha lo que el Doctor tiene para decir-murmuró Néstor ignorando la cortante mirada de Mason.

-Estuve estudiando detenidamente el caso, y decidí probar un tiempo más con otros fármacos. Si no da resultado quizá sea mejor detenernos y no someter al chico a sufrimientos inútiles. Sin embrago, la última palabra la tienen los padres -titubeó cambiando la mirada de Mason a Jake.Pueden consultarlo y comunicarme su decisión dentro del día.

-No será necesario.Mi hijo debe vivir y haremos hasta lo imposible por mejorarlo-afirmó Jake.

-También quiero que viva. Y agotaré todos los recursos, pero como les advertí, quizá las cosas no salgan como esperamos-reiteró Castillo.

-Pruebe doctor, cambie esos medicamentos. Y si estos no sirven, hablaremos nuevamente-insistió Jake.

-¿Señor Tur? Todavía no escuché su opinión-comentó Castillo.

-Apoyo a mi esposo-comentó este. Probaremos el tiempo que usted considere prudencial, y si no da resultado, nos llevaremos a Stéfano para casa .Tenemos muchas cosas pendientes que podríamos realizar en...lo que pueda quedar.

Es curioso, vivimos postergando cosas para el día siguiente, sin darnos cuenta de que no somos dueños de nuestros días -reflexionó Mason.Sin embargo, confío en que todo salga a bien-comentó casi enseguida.

-Bien -asintió el médico. Les daré unos documentos para que firmen, y esta tarde comenzaremos el nuevo tratamiento.

-Nunca estuviste de acuerdo en adoptar, y ahora quieres liberarte del chico-.¡Debe haber otros tratamientos experimentales!- vociferó Jake.

-Querido, por favor, no digas disparates. ¡Contrólate! –lo enfrentó Mason.

-Quizá sea conveniente esperar a que lo piensen mejor-musitó el médico estupefacto por el cariz que habían tomado los acontecimientos.

-De ningún modo dejaré que torturen a mi hijo- afirmó Mason.

-Señores, por favor. Comprendo su dolor. Pero pueden estar seguro de que haremos lo imposible por mejorar a su hijo. ¡Cuiden su lenguaje!-gritó el médico.

-Lo sé, perdone...No sé ni lo que hablaba -
sollozó Jake sintiendo la cálida mano del
enfermero sobre su brazo. Firmaré lo que sea
necesario.

-También me disculpo-concordó Mason.

-Enfermera, si es tan amable.Los papeles que
deban firmar-agregó Castillo.

-Aquí tienen-acotó la mujer poniendo sobre la
mesa dos hojas iguales.

Mason firmó en primer lugar y extendió su mano
al Doctor en señal de despedida.

-Confió en que agotará todos los recursos. Y si
hay algún tratamiento nuevo, por costoso que
sea...podemos pagarlo –insistió el hombre.

-Quédese tranquilo, no escatimaremos en
gastos –asintió Castillo . Y ojalá, esto hubiera
resultado de otra forma. En unas horas
comenzaremos el próximo tratamiento.

-Iré con Stéfano, debe estar preocupado porque
no estamos a su lado-comentó Jake parándose.

-Voy contigo-asintió Mason siguiendo a su
esposo.

-Enfermero, acompáñeme un minuto. Le daré indicaciones sobre las nuevas medicaciones-afirmó Castillo dando por finalizada la reunión.

-Sí, Señor-afirmó observando alejarse a la pareja.

-Mason ,lamento haber actuado en forma tan imprudente. No debí ventilar lo nuestra vida íntima delante de extraños-intentó disculparse Jake.

-Solo dijiste lo que pensabas.Ahora solo importa nuestro hijo.Vamos-agregó este con frialdad.

-¡Al fin llegaron!-aplaudió el niño. Quiero ir para casa.

-Stefano, querido, también nos gustaría irnos. Pero todavía falta un poco más. Es para asegurarnos de que quedes completamente sano-comentó Jake tratando de dar ánimo a su hijo.

-¿Y poder volver a jugar a la pelota?

 -Por supuesto-asintió Mason.

 -Bien. Tendré paciencia. Espero que en cuanto termine me vulva crecer el pelo.

-Claro que sí. Tendrá su pelo hermosísimo,
hasta me prestarás a mí, que me sitio quedando
pelado-intentó bromear Mason.
Dos meses más tarde, Stefano fallecía en su
cama rodeado de sus seres queridos.
Mason había permanecido en el cuarto de
invitados desde que el niño fue llevado a casa
hasta su fallecimiento, y solo se había movido
para salir a trabajar. En un comienzo, pensó que
el vínculo con su esposo podría renacer al estar
juntos, pero casi enseguida comprendió que era
inútil: Jake jamás perdonaría su abandono .Sin
darse cuenta, el alcohol comenzó a
transformarse en su mejor amigo
-Mason, por favor. Tienes a Rodrigo. ¡Debes
tratar de superarlo!-comentaban Eduardo y
Mateo, que visitaban con frecuencia a la familia.
-No puedo convivir con el fallecimiento de
Stéfano y la frialdad de Jake .Pensé que habrá
un acercamiento, pero…cada día estamos más
distantes.
-Debes tener paciencia, fueron muchos
disgustos-insistía el Coiffeur.

-No lo sé. Veremos cómo sigue esta historia. Ahora cuéntame sobre ustedes-asentía el hombre cambiando la temática.

Mason llegó de trabajar y se detuvo asombrado al encontrar varias maletas desperdigadas por todo el living.

-¿Qué esté sucediendo?-tartamudeó al cruzarse con Jake.

-.Alquilé una casa cerca de la panadería, Rodrigo y yo nos mudamos .Demasiado dolor, demasiados recuerdos para seguir en esta casa. Necesito comenzar de nuevo y en este sitio no sería posible.

-Por favor, Jake, no me hagas esto. ¡Te amo, y ruego que me perdones!-cayó Mason de rodillas. ¿Qué haré sin ustedes?

- Te suplico que no te humilles, ya no hay retorno .Muy pronto recibirás la solicitud del divorcio -comentó evadiendo la mirada de su marido .Con el tiempo, comprenderás que estoy haciendo lo mejor para todos.

-Lo siento, pero no la firmaré, te necesito más que nunca, preciso una nueva oportunidad-gritó con toda sus fuerzas.

-Adiós, Mason.Creo que llegó la camioneta de la mudanza.

-Espera, recuerda lo felices que fuimos juntos. ¡Los sueños que tuvimos!

 -Eso quedó atrás. Ya no somos los mismos-insistió el hombre. Por supuesto puedes visitar a Rodrigo cuando gustes-agregó pasando un brazo sobre el hombro del chico que se había acercado hasta la pareja.

-¿Te vas con Néstor?

-Oh, no .Ni siquiera he sabido nada de este desde que…Stefano partió. Necesito estar solo, cambiar la rutina... No lo hagas más difícil de lo que ya es...

-Estoy seguro de que me amas -exclamo tomándolo con fiereza ¡Siempre me amanse!-lo beso hasta hacerlo sangrar.

-Suelta, ¿o te has vuelto loco?-lo empujó Jake. ¡Te dije que terminamos! Y trata de calmarte .Debes continuar con tu vida.

-Rodrigo, quizá puedas venir a pasar algunos días conmigo. Esta casa estará muy vacía sin ustedes. Sé que no fui el mejor padre del mundo, pero siempre te amé.

-Vendré a quedarme contigo -expresó el chico tirándose a los brazos de Mason- Lo prometo.

-Mientras se despiden, iré bajando algunas cosas-susurró Jake tomando un pequeño maletín.

-¡Ay querido, claro que te sigo amando. Pero ahora no puedo estar contigo, demasiado dolor, demasiadas tristezas. Primero debo sanar. Tal vez, si alguna vez podamos conversar. Pero no será ahora —suspiró Jake haciendo señas al fletero que lo esperaba en la puerta.

A tu lado tengo ganas de vivir, junto a ti estoy
como en el cielo, soy un niño
que no paro de reír, lo mejor que en la vida me
ha pasado».

Jarabe de Palo.

<u>Seis meses después</u>…

-No puedes seguir tomando de esa forma-
rezongaba Eduardo a Mason. ¡Te has
convertido en una piltrafa humana! Mira lo que
esta casa, repleta de botellas vacías .Hasta
dejaste morir todos los peces que tenías! Esas
peceras vacías dan asco.
-Eran de Jake .Nunca me interesó la acuáristica.
-Has perdido clientes, el negocio pro el cual
luchaste tanto se está viniendo abajo. ¡Debes
buscar inmediatamente ayuda profesional! ¿No
habías comenzado terapia?
-La deje cuando falleció Stéfano. Y puedes irte
si has venido a darme sermones.

-Claro que me voy-asintió metiendo algunos envases en una bolsa, no quiero ser testigo de tu destrucción.

-Chau, Eduardo-comentó indiferente.

- Por lo menos permite que mi empleada venga a realizar una limpieza general.

-Lo pensaré-asintió para no seguir discutiendo .¿Has visto a Jake?

-Cada tanto conversamos.

-Todavía no me llegó la solicitud de divorcio.

-Jamás comentó sobre ese tema, e imaginarás que yo no pregunto nada -tosió.

-Entiendo-asintió Mason.

 -¿Has visitado a tu hijo cómo prometiste?

  -Sí, incluso vino una vez a quedarse y nunca más. Siempre pone excusas, imagino que los recuerdos de su hermano lo detienen.

-Y la mugre-murmuró Eduardo.- ¿Has pensado en vender la casa y comprar una nueva? Lejos de las cosas que te hacen mal!

-No he estado lo bastante sobrio para pensar en eso, más bien, casi no puedo pensar en nada. Además, aquí está la habitación de Stéfano, todavía no tuve coraje de quitar sus pertenencias-sollozó.

-Mason, amigo. Déjame ayudarte.

-No preciso ayuda, y será mejor que vuelvas a tu casa. Mateo podría preocuparse.

-Comprendí la indirecta. Si me necesitas, llámame.

-Te lo prometo. Y gracias por preocuparte.

-Amigo, yo…

-Adiós, Eduardo…

Mason cerró la puerta y miró la hora. Tal como hacia cada todas las noches desde su separación, iría a la panadería de Jake, simplemente para ver de lejos al hombre que seguía amando...

-No hago mal a nadie. Ni siquiera nota mi presencia, quizá un día me atreva a hablarle-suspiró tomando la llave de su auto.

Mason detuvo su vehículo bajo un frondoso árbol y esperó que este saliera. Se sentía un poco mareado, finalmente parecía que el alcohol está haciéndole estragos.

-Eduardo tiene razón, debo abandonar este maldito vicio que me llevará a la tumba.

Después de todo, no es que tenga demasiado por lo cual vivir.

Estaba por pegar la vuelta, cuando vio a su esposo salir conversando animadamente por un hombre que parecía conocido.

-Néstor-exclamo descontrolado. ¡Maldito bastardo!

Sin pensar cruzó la calle, y golpeó al enfermero, que sin comprender lo que había ocurrido, cayó duramente sobre la fría acera.

-Carroña humana- vociferó.

-¿Quién eres tú? ¡Mason!-exclamó al reconocerlo

-No puede ser, ¿qué haces aquí?-exclamó Jake dejando de asegurar la puerta.

-¿Qué crees? ¡A defender lo que es mío!-grito caminado hacia su marido ... He venido cada noche desde que nos separamos solo para verte un segundo. Con eso era suficiente, pero nunca esperé que me traicionaras.

-Jamás lo hice, Mason.Como bien dijiste,hace tiempo que estamos alejados-susurró ayudando a levantarse a Néstor que no salía en sí de su asombro.

-Pero nunca pediste el divorcio. Eso me dio esperanza.

-Eduardo me rogó que esperara, dijo que te habías convertido en un alcohólico y temía hicieras una locura si llegaba ese papel.

-Eduardo….-musitó sintiendo una puntada en el pecho Todos me traicionan. ¡Mataré a ese mentiroso!

-Tu esposo está verdaderamente loco. Avísame si vas a mi boda. Dejaremos la plática para otra oportunidad.

-¿Boda?-titubeó Mason.

-Néstor se convirtió en un gran amigo. Y vino a invitarme a su casamiento. ¡No debiste acosarme, Mason!

-Perdona, perdonen.Será mejor que me vaya -balbuceó el hombre comprendiendo el papelón que había cometido. Y puedes estar tranquilo, ya no volveré a molestarte. Firmaré lo que me pidas.

-¿A dónde vas en esas condiciones?-gritó Jake

 -Tengo mi auto en la esquina .Adiós-gritó perdiéndose en la solitaria calle.

 -¡No puede conducir en ese estado!-vociferó Jake.

-Claro que sí, estoy acostumbrado -respondió Mason sin detenerse.

-Ha perdido la razón. La muerte de nuestro hijo lo ha trastornado más de lo que pensaba.

-Sin duda, como a todo padre. Pero el haber perdido al hombre que amaba aumentó ese dolor. Al igual que te ocurre a ti.

-Eso no es verdad-refunfuñó Jake.

-Oh, querido, reconoce que nunca pensaste en pedir el divorcio. La solicitud de Eduardo fue la excusa perfecta. Pero lo sigues amando.

-Antes de tomar una decisión, hablaré con Rodrigo, él está muy disgustado con su padre.

-Eso no cambiará nada, a veces darse otra oportunidad no es malo. Todos cometemos errores.

-¿Crees que todavía haya arreglo entre nosotros?

-Estoy seguro, percibí el amor entre ustedes desde que los vi juntos. Por eso, decidí no insistir contigo, amigo. Sabía que perdería.

-Eres una gran persona, me hubiera gustado mucho enamorarme de ti.

-Pero nadie manda sobre su corazón, es nuestro verdadero dueño.

-¿Qué hago?

-Pregúntale a tu almohada. ¿Te dejo en algún lado?-comento Néstor señalando su auto.

-Prefiero caminar.Tengo muchas cosas en que pensar.

-Puedes traerlo a mi boda. Lo perdono, un hombre que fue capaz de esperarte seis meses bajo un árbol merece todo mi respeto. Aunque me haya golpeado-sonrió tocándose la dolorida barbilla.

-Gracias por todo- asintió Jake comenzando a caminar hacia su casa.

-Un placer. Nos vemos-sonrió Néstor alejándose.

Mason conducía velozmente cuando recordó la petaca de wiski que tenía en su guantera y tomó un pequeño sorbo.

-Soy un verdadero idiota, tendré suerte si Jake no me denuncia por acoso. ¿En qué estaba pensando siguiéndolo de esa forma? ¡Y la golpiza que le di a su amigo! Eduardo tiene razón, debo buscar ayuda. Este será mi último trago-suspiró. Y esta tapa que no se abre-musitó bajando la mirada hacia el recipiente sin notar el vehículo que venía en sentido contrario.

-¿Y ese idiota? Maneja haciendo eses —exclamo el chofer del auto comenzando a tocar bocina sin parar.

-¡Por Dios! -exclamó Mason alcanzando a desviarse al sentir el ruido. Tras varios giros por un desoldado parque, el auto se detuvo, y el tambaleante chofer trepó por el partido vidrio delantero. ¡Ayuda!-alcanzó a gritar a las personas que corrían hacia él.

Mason intentó levantar el brazo derecho y sintió que pesaba más de lo común.

-Estoy enyesado, ¿Qué ha ocurrido?-preguntó recorriendo con la vista la pálida habitación. ¡Y me duele horriblemente la cabeza!

- Tuviste un accidente -escuchó que le respondían desde el baño.

-No recuerdo nada, ¿fue grave?-titubeó preocupado.

-Solo daños materiales que deberás pagar, o más bien tu seguro. Estabas totalmente borracho, y tenías una petaca de alcohol en tu vehículo. Así que los oficiales recomendarán una desintoxicación en AA y trabajo comunitario para evitar la cárcel. Y por cierto, perderás la libreta de conducir hasta que se compruebe tu rehabilitación.

-Es lo que corresponde-aceptó sin protestar...
Jamás me perdonaría haber matado o lesionado
a algún inocente.

-Sería algo tremendo- agregó Jake sentándose
a un costado del herido.

-Espera un minuto, ¿qué haces aquí?-titubeó
por primera vez al reconocer a Jake.

-Tenías mi nombre en los documentos por si
precisabas pedir ayuda, y también los tenían en
el registro del Hospital. No olvides que estamos
casados.

-Lamento haberte molestado .Ve tranquilo,
Llamaré a Eduardo y resistiré a sus sermones.

 -Está furioso, será mejor que yo me quede
contigo.

-Tienes tus actividades que hacer. ¿Y Rodrigo?

-Se encuentra empacando nuevamente, pareces
que las mudanzas se han transformado en algo
habitual en nuestras vidas.

-¿A dónde van esta vez?-preguntó con
curiosidad.

-Volvemos a nuestra casa. ¡Pasé por allí y vi
como dejaste mis peceras!

-¿Quieras decir que…regresarán?

-Néstor me hizo comprender que te sigo amando. He sufrido mucho, tu alejamiento y…la muerte de nuestro bebé. Pienso que si mi amor resistió todas esas pruebas se merece otra oportunidad. Si estás de acuerdo, claro.

-Jake-musitó este demostrando toda la emoción que sentía. Festejo el accidente si trajo esta consecuencia.

-No era necesario que chocaras para llamar la atención. Pensaba llamarte por la mañana luego de hablar con nuestro hijo. Simplemente, como es común en ti, lo hiciste de un modo más dramático-sonrió acariciando con un dedo la vendada frente de su marido.

-¿Qué dijo Rodri?

-Me pidió que lo pensara bien, tendrás que hacer mérito para recobrar su respeto.

-Pondré todo mi empeño. Seré un padre maravilloso.

-Solo demuéstrale tu amor, y yo prometo equilibrar mis afectos. También tengo culpa, te dejé bastante abandonado. Quise ser un padre ejemplar y…equivoqué el camino.

-Aprenderemos juntos-sonrió Mason.

-Sin duda-asintió Jake tomándole la mano izquierda que estaba completamente sana.Te has quedado callado.

-Estaba pensado en cambiar el apartamento por una casa más grande.Especialmente con un gran depósito para tus peceras.

-Me gusta la idea, querido. Pero tiempo al tiempo, sin apuro. Primero debes reponerte. Y yo también.

-Lo lograremos, ¡estoy seguro!-gritó Mason.¡Volveremos a ser una familia!

-También yo-sonrió Jake.Veo un nuevo sendero pintado de esperanza.

-Y de amor –agregó Mason, mientras el alegre rostro de un niño parecía formarse entre las nubes.

..   FIN

"La muerte no llega con la vejez, sino con el olvido"

Gabriel García Márquez